TRANZLATY

Sprache ist für alle da

Sproget er for alle

Die Verwandlung
Forvandlingen

Franz Kafka

Deutsch
Dansk

ISBN: 978-1-83566-646-3
Die Verwandlung
Franz Kafka, 1915

www.tranzlaty.com

Teil Eins
Del et

Gregor Samsa erwachte eines Morgens aus unruhigen Träumen.

Gregor Samsa vågnede en morgen fra urolige drømme.

Er befand sich in seinem Bett, konnte sich aber nicht bewegen.

Han befandt sig i sin seng, men ude af stand til at bevæge sig.

Er war in ein monströses Ungeziefer verwandelt worden.

Han var blevet forvandlet til et uhyrligt skadedyr.

Er lag auf dem Rücken, der sich hart wie eine Rüstung anfühlte.

Han lå på ryggen, som var hård som en rustning.

Indem er den Kopf ein wenig hob, konnte er seinen Bauch sehen.

Ved at løfte hovedet lidt kunne han se sin mave.

Sein Bauch aber war gewölbt und in Segmente unterteilt.

Men hans mave var hvælvet og delt i segmenter.

Die Decke lag auf seinem runden Bauch.

Tæppet hvilede oven på hans runde mave.

Die Decke war jedoch kurz davor, ganz herunterzurutschen.

Men tæppet var tæt på at glide helt ned.

Seine Beine wirkten im Vergleich zu ihrer üblichen Größe jämmerlich.

Hans ben var ynkelige sammenlignet med deres sædvanlige størrelse.

Und seine vielen Beine flackerten hilflos vor seinen Augen.

Og hans mange ben blafrede hjælpeløst for hans øjne.

„Was ist nur mit mir geschehen?", dachte er bei sich.

"Hvad er der sket med mig?" tænkte han for sig selv.

Aber es war kein Traum, aus dem er nicht erwachen konnte.

Men det var ikke en drøm, han ikke kunne vågne fra.

Es war tatsächlich sein eigenes Zimmer, in dem er sich wiederfand.

Det var virkelig hans eget værelse, han befandt sig i.

Ein richtiges Zimmer für Menschen, aber leider etwas zu klein.

Et rigtigt rum for mennesker, men lige lidt for lille.

Er lag still zwischen den vier bekannten Mauern.

Han lå stille mellem de fire velkendte vægge.

Auf dem Tisch befand sich eine Sammlung von Textilmustern.

På bordet lå en samling tekstilprøver.

Samsa war Handelsreisender, daher die Muster.

Samsa var en rejsende sælger, deraf prøverne.

Über den auseinandergenommenen Textilproben hing ein Bild.

Over de adskilte tekstilprøver var et billede.

Er hatte das Bild erst vor Kurzem aus einer Zeitschrift ausgeschnitten.

Han havde for nylig klippet billedet ud af et blad.

Er hatte das Bild in einen hübschen, vergoldeten Rahmen gefasst.

Han havde placeret billedet i en smuk, forgyldt ramme.

Das gerahmte Bild zeigte eine aufrecht sitzende Dame.

Det indrammede billede forestillede en dame, der sad oprejst.

Sie trug eine Pelzmütze und hatte einen Pelzmuff.

Hun havde en pelshue på og havde en pelsmuff.

Sie hob ihre Hand in Richtung des Betrachters des Bildes.

Hun løftede hånden mod billedets beskuer.

Ihr ganzer Unterarm verschwand in ihrem schweren Pelzmuff.

Hele hendes underarm forsvandt i hendes tunge pelsmuff.

Gregor blickte aus dem Fenster auf das trübe Wetter.

Gregor kiggede ud af vinduet på det grå vejr.

Man konnte hören, wie schwere Regentropfen gegen das Fenster prasselten.

Man kunne høre tunge regndråber ramme vinduet.

Das graue Wetter stimmte ihn sehr melancholisch.

Det grå vejr gjorde ham meget melankolsk.

„Wie wäre es, wenn ich noch ein bisschen länger schlafe?", dachte er.

"Hvad med at jeg sover lidt længere?" tænkte han.

"Mehr Schlaf könnte mir helfen, diesen Unsinn zu vergessen."

"Mere søvn kan måske hjælpe mig med at glemme det her vrøvl."

Länger zu schlafen war jedoch völlig unmöglich.

Men at sove længere var fuldstændig umuligt.

Weil er es gewohnt war, auf seiner rechten Seite zu schlafen.

Fordi han var vant til at sove på højre side.

Sein aktueller Zustand schränkte jedoch seine üblichen Bewegungsfreiheiten ein.

Men hans nuværende tilstand forhindrede hans sædvanlige bevægelser.

Er hatte keine Möglichkeit, in diese Lage zu gelangen.

Han havde ingen måde at bringe sig selv i denne position på.

Er versuchte sein Bestes, sich auf die rechte Seite zu werfen.

Han prøvede sit bedste at kaste sig over på sin højre side.

Er hat diese Bewegung wahrscheinlich hundertmal versucht.

Han forsøgte sandsynligvis denne bevægelse hundrede gange.

Aber er kippte immer wieder in die Rückenlage zurück.

Men han rokkede altid tilbage i liggende stilling.

Er schloss die Augen, um seine unruhigen Beine nicht sehen zu müssen.

Han lukkede øjnene for ikke at se sine uberegnelige ben.

Am Ende hinderten ihn seine Schmerzen daran, es noch einmal zu versuchen.

Til sidst forhindrede hans smerter ham i at forsøge igen.

Ein dumpfer Schmerz in der Seite, den er noch nie zuvor gespürt hatte.

En dump smerte i siden, som han aldrig havde følt før.

„Oh Gott", dachte Gregor Samsa verzweifelt bei sich.

"Åh Gud," tænkte Gregor Samsa desperat for sig selv.

"Was für einen anstrengenden Beruf ich mir da doch ausgesucht habe!"

"Sikke et anstrengende erhverv jeg har valgt for mig selv!"

„Ich muss beruflich Tag für Tag reisen."

"Dag ud og dag ind er jeg nødt til at rejse rundt i forbindelse med arbejde."

„Büroarbeit ist viel einfacher als die Arbeit unterwegs.“

"Kontorarbejde er meget nemmere end at arbejde på landevejen."

„Und ich habe den Fluch, ständig reisen zu müssen.“

"Og jeg har den forbandelse at skulle rejse rundt."

„Die ganze Sorge, die Züge nicht rechtzeitig zu verpassen.“

"Alle bekymringerne om at være til tiden med togene."

„Meine Mahlzeiten sind unregelmäßig und das Essen ist schlecht.“

"Mine måltider er uregelmæssige, og maden er dårlig."

„Meine Freunde wechseln ständig, je nachdem, wo ich hinziehe.“

"Mine venner skifter altid fra by til by."

„Meine Interaktionen sind kühl und professionell.“

"Mine interaktioner er kolde og professionelle."

„Sollen sich doch die Teufel mit solchen Arbeiten vergnügen!“

"Lad Djævelen more sig med den slags arbejde!"

Er verspürte ein leichtes Jucken im oberen Bereich seines Bauches.

Han følte en let kløe øverst på maven.

Er stemmte sich mit dem Rücken gegen den Bettpfosten.

Han skubbede sig mod sengestolpen med ryggen.

Er wollte seinen Kopf besser heben können.

Han ville gerne være bedre i stand til at løfte hovedet.

Er fand die juckende Stelle, die ihn plagte.

Han fandt det kløende sted, der generede ham.

Sein Kopf schien mit kleinen weißen Punkten bedeckt zu sein.

Hans hoved syntes at være dækket af små hvide prikker.

Was diese kleinen weißen Punkte waren, konnte er nicht sagen.

Hvad disse små hvide prikker var, kunne han ikke sige.

Er hatte geplant, die Stelle mit einem seiner Beine zu berühren.

Han havde planlagt at røre stedet med det ene ben.
Doch als er die Stelle berührte, verspürte er ein seltsames Frösteln.
Men da han rørte ved stedet, følte han en mærkelig kuldegysning.
Daraufhin zog er sein Bein sofort von der Stelle weg.
Så trak han straks benet væk fra stedet.
Ihm blieb nichts anderes übrig, als das Jucken zu ertragen.
Han havde intet andet valg end at acceptere kløen.
Und er kehrte in seine vorherige Position im Bett zurück.
Og han vendte tilbage til sin tidligere stilling i sengen.
„Wer so früh aufwacht, wird echt ziemlich dumm."
"At vågne så tidligt gør én virkelig dum."
„Ein Mann braucht genug Schlaf", dachte er sich.
"En mand skal have nok søvn," tænkte han for sig selv.
„Die anderen Handelsreisenden leben in Luxus."
"De andre rejsende sælgere lever et liv i luksus."
„Morgens übermittle ich die erhaltenen Bestellungen."
"Om morgenen overfører jeg de ordrer, jeg har modtaget."
„Währenddessen frühstücken die Herren noch."
"I mellemtiden spiser de herrer stadig morgenmad."
„Stellen Sie sich nur vor, ich würde das bei meinem Chef versuchen."
"Tænk bare, hvis jeg prøvede at gøre det med min chef."
„Er würde mich feuern, bevor ich mit dem Frühstück fertig bin."
"Han ville fyre mig, før jeg var færdig med min morgenmad."
„Aber vielleicht wäre das auch nicht das Schlimmste."
"Men måske ville det heller ikke være det værste."
„Das Problem ist, dass meine Eltern mich zurückhalten."
"Problemet er, at mine forældre holder mig tilbage."
„Ohne sie hätte ich schon längst gekündigt."
"Hvis det ikke var for dem, ville jeg allerede have sagt op."
„Ich hätte mich dem Chef entgegengestellt und es ihm gesagt."
"Jeg ville have stået op over for chefen og fortalt ham det."

„Ich würde genau sagen, was ich von ihm und der Stelle halte."
"Jeg ville sige præcis, hvad jeg synes om ham og jobbet."
„Er würde vom Schreibtisch fallen, wenn ich ihm alles erzählen würde!"
"Han ville falde ned fra sit skrivebord, hvis jeg fortalte ham alt!"
„Es ist sehr seltsam, wie er an seinem Schreibtisch sitzt."
"Det er meget mærkeligt, hvordan han sidder ved sit skrivebord."
„Seine Art, mit seinen Untergebenen zu sprechen, ist nicht in Ordnung."
"Den måde, han taler til sine underordnede på, er ikke korrekt."
„Und das Schlimmste ist, dass sein Gehör so schlecht ist."
"Og det værste er, at hans hørelse er så dårlig."
„Sie haben also keine andere Wahl, als ganz nah bei ihm zu sitzen."
"Så du har intet andet valg end at sidde meget tæt på ham."
„Aber trotz allem ist die Hoffnung noch nicht völlig verloren."
"Men når det er sagt, er håbet ikke helt ude endnu."
„Ich werde das Geld sparen, um die Schulden meiner Eltern zu begleichen."
"Jeg vil spare pengene op for at betale mine forældres gæld."
„Ich kann nichts tun, solange sie ihm noch Geld schulden."
"Jeg kan ikke gøre noget, mens de stadig skylder ham penge."
„Aber wenn die Schulden beglichen sind, werde ich es auf jeden Fall tun."
"Men når gælden er betalt, vil jeg helt sikkert gøre det."
„Es wird wahrscheinlich noch fünf bis sechs Jahre dauern."
"Det vil sandsynligvis tage yderligere fem til seks år."
"Ja, dann wird die große Trennung definitiv erfolgen."
"Ja, så bliver den store adskillelse helt sikkert foretaget."
„Fürs Erste muss ich jedoch aufstehen."
"Foreløbig må jeg dog ud af sengen."
„Weil mein Zug um fünf Uhr abfährt."

"Fordi mit tog afgår klokken fem."
Gregor blickte auf den tickenden Wecker auf dem Tisch.
Gregor kiggede på vækkeuret, der tikkede på bordet.
"Himmlischer Vater!", dachte er, als er die Uhrzeit sah.
"Himmelske Fader!" tænkte han, da han så tiden.
Halb sieben war schon still und leise vergangen.
Halv syv var allerede stille og roligt gået.
Und die Zeiger der Uhr bewegten sich immer weiter vorwärts.
Og urets visere blev ved med at bevæge sig fremad.
Es war nun fast Viertel vor sieben.
Og nu nærmede klokken sig kvart i syv.
"Vielleicht hat der Wecker nicht geklingelt, um mich zu wecken?", dachte er.
"Måske havde vækkeuret ikke ringet for at vække mig?" tænkte han.
Von seinem Bett aus inspizierte Gregor den Wecker.
Fra sin seng inspicerede Gregor vækkeuret.
Der Wecker war korrekt auf vier Uhr eingestellt.
Vækkeuret var korrekt indstillet til klokken fire.
Er konnte es sich nicht erklären, aber der Alarm musste losgegangen sein.
Han kunne ikke forklare det, men alarmen måtte have ringet.
"Wie konnte ich den Wecker verschlafen, ohne es zu merken?"
"Hvordan kunne jeg sove igennem vækkeuret uden at vide det?"
Wenn der Alarm losgeht, wackeln sogar die Möbel.
Når den ringer, ryster alarmen endda møblerne.
Er wusste, dass sein Schlaf alles andere als ruhig gewesen war.
Han vidste, at hans søvn slet ikke havde været fredelig.
Aber vielleicht war das der Grund, warum sein Schlaf so viel tiefer war.
Men måske var det derfor, hans søvn var meget dybere.
Er musste darüber nachdenken, was er nun tun sollte.
Han måtte tænke over, hvad han skulle gøre nu.

Der nächste Zug fuhr erst um sieben Uhr ab.
Det næste tog afgik først klokken syv.
Diesen Zug zu erreichen, wäre nahezu unmöglich.
Det ville være næsten umuligt at nå det tog.
Und die benötigten Textilien hatte er noch nicht eingepackt.
Og han havde endnu ikke pakket de tekstiler, han skulle
bruge.
Er fühlte sich auch nicht besonders frisch und agil.
Han følte sig heller ikke særlig frisk og smidig.
Vielleicht bestand die Möglichkeit, in den Zug einzusteigen.
Måske var der en chance for at komme på toget.
Doch ein Tadel vom Chef war so oder so unvermeidlich.
Men en skældud fra chefen var uundgåelig under alle
omstændigheder.
Der Angestellte wäre in den Fünf-Uhr-Zug eingestiegen.
Ekspedienten ville være steget på toget klokken fem.
**Der Büroangestellte war ein willensschwaches Werkzeug
des Chefs.**
Kontormedarbejderen var chefens rygradsløse skabning.
Gregors Abwesenheit wäre also bereits gemeldet worden.
Så Gregors fravær ville allerede være blevet rapporteret.
„Was wäre, wenn ich mich krankmelde?", überlegte Gregor.
"Hvad nu hvis jeg melder mig syg?" overvejede Gregor.
Das wäre aber äußerst peinlich und verdächtig.
Men det ville være yderst pinligt og mistænkeligt.
**Gregor war in der gesamten Zeit, die er dort arbeitete, nie
krank gewesen.**
Gregor havde aldrig været syg i den tid, han arbejdede der.
Und er hatte ihnen bereits fünf Jahre Dienst geleistet.
Og han havde allerede givet dem fem års tjeneste.
**Die Chancen standen gut, dass der Chef vorbeikommen
würde, um nach ihm zu sehen.**
Der er stor sandsynlighed for, at chefen ville komme og tjekke
op på ham.
**Er würde wahrscheinlich den Arzt der Krankenversicherung
mitbringen.**
Han ville nok medbringe sygeforsikringslægen.

**Und er würde die Eltern für ihren faulen Sohn
verantwortlich machen.**
Og han ville give forældrene skylden for deres dovne søn.
Sie könnten gegen ihn keine Einwände erheben.
De ville ikke kunne gøre indsigelser mod ham.
Denn für ihn gab es nur zwei Arten von Arbeitern.
Fordi der for ham kun var to slags arbejdere.
Entweder waren die Arbeiter kerngesund oder arbeitsscheu.
Enten var arbejderne fuldstændig raske, eller også var de
arbejdssky.
**Und läge er mit dieser grundlegenden Analyse überhaupt
falsch?**
Og ville han overhovedet tage fejl i den grundlæggende
analyse?
In diesem Fall hatte er sicherlich ein starkes Argument.
I dette tilfælde havde han helt sikkert et stærkt argument.
**Trotz seines Aussehens fühlte sich Gregor tatsächlich recht
wohl.**
Trods sit udseende havde Gregor det faktisk ret godt.
Der unnötig lange Schlaf hatte ihn etwas schläfrig gemacht.
Den unødvendige lange søvn gjorde ham lidt døsig.
**Abgesehen davon konnte er sich aber über keine Krankheit
beklagen.**
Men bortset fra det kunne han ikke klage over sygdom.
**Er verspürte sogar einen besonders starken und gesunden
Hunger.**
Han følte endda en særlig stærk og sund sult.
**Während er diesen Gedanken nachging, schlug die Uhr
erneut.**
Mens han tænkte disse tanker, slog uret igen.
Laut Alarm war es jetzt Viertel vor sieben.
Ifølge alarmen var klokken nu kvart i syv.
Und nun klopfte es auch leise an der Tür.
Og nu lød der også en blid banken på døren.
„Gregor", rief ihm jemand zu – es war die Mutter.
"Gregor," kaldte nogen til ham – det var moderen.
„Es ist Viertel vor sieben", bestätigte sie den Alarm.

"Klokken er kvart i syv," bekræftede hun alarmen.
"Wolltest du nicht gehen?", fragte die sanfte Stimme.
"Ville du ikke gå?" spurgte den blide stemme.
Gregor erschrak, als er seine eigene Stimme antworten hörte.
Gregor blev bange, da han hørte hans stemme svare.
Es war immer noch dieselbe Stimme, die er schon immer hatte.
Stemmen var stadig den stemme, han altid havde.
Doch nun mischte sich ein neuer Klang in seine Stimme.
Men nu var der en ny lyd blandet ind i hans stemme.
Tief aus seinem Inneren entfuhr ihm auch ein schmerzhafter Schrei.
Dybt inde i ham kom der også et smertefuldt knirk.
Zunächst schien seine Stimme die Worte klar zu formen.
I starten syntes hans stemme at danne ord med klarhed.
Doch dann hörte Gregor das Echo seiner Stimme in seinem Kopf.
Men så hørte Gregor det mentale ekko af hans stemme.
Die Aufnahme seiner Stimme ist auf seltsame Weise zerbrochen.
Optagelsen af hans stemme gik i stykker på en mærkelig måde.
Und er war sich nicht sicher, ob er richtig gehört hatte.
Og han var ikke sikker på, om han havde hørt tingene rigtigt.
Gregor verspürte den starken Wunsch, eine ausführliche Antwort zu geben.
Gregor følte et dybt ønske om at give et detaljeret svar.
Er wollte seiner Mutter alles genau erklären.
Han ville forklare alting tydeligt for sin mor.
Doch angesichts der Umstände musste er sich einschränken.
Men under omstændighederne måtte han begrænse sig.
Und er antwortete viel kürzer, als er es gern getan hätte.
Og han svarede meget kortere, end han gerne ville have gjort.
"Ja, Mutter, keine Sorge, danke, ich bin schon wach."
"Ja mor, bare rolig, tak, jeg er allerede oppe."
Die Holztür trug vermutlich dazu bei, seine Stimme zu dämpfen.

Trædøren hjalp sandsynligvis med at dæmpe hans stemme.
Draußen blieb die Veränderung in Gregors Stimme unbemerkt.
Udenfor forblev ændringen i Gregors stemme ubemærket.
Die Mutter schien mit seiner Erklärung zufrieden zu sein.
Moderen virkede tilfreds med hans forklaring.
Und sie ging genauso leise wieder, wie sie gekommen war.
Og hun gik igen lige så stille, som hun var kommet.
Doch das kurze Gespräch hatte eine unerwünschte Folge.
Men den lille samtale havde en uønsket effekt.
Er erregte die Aufmerksamkeit der anderen Familienmitglieder.
Han fangede de andre familiemedlemmers opmærksomhed.
Gregor war noch zu Hause und nicht zur Arbeit gegangen.
Gregor var stadig hjemme og var ikke gået på arbejde.
Und nun klopfte auch der Vater an die Seitentür.
Og nu bankede faderen også på sidedøren.
Er klopfte schwach, aber entschlossen mit der Faust.
Han bankede svagt, men beslutsomt, med sin knytnæve.
„Gregor, Gregor", rief er, „was ist das Problem?"
"Gregor, Gregor," råbte han, "hvad er problemet?"
Nach einer Weile warnte er erneut, diesmal mit tieferer Stimme.
Efter et stykke tid advarede han igen med en dybere stemme.
Doch nun klopfte die Schwester an die andere Tür.
Men på den anden sidedør bankede søsteren nu på.
"Gregor? Geht es dir nicht gut?", fragte sie leise.
"Gregor? Har du det ikke godt?" spurgte hun stille.
„Brauchen Sie irgendetwas?", fragte sie besorgt.
"Er der noget, du behøver?" spurgte hun bekymret.
Gregor antwortete beiden Seiten: „Ich bin schon fertig."
Gregor svarede begge sider: "Jeg er allerede færdig."
Er hatte sich größte Mühe gegeben, alle Wörter sorgfältig auszusprechen.
Han havde gjort sit bedste for at udtale alle ordene omhyggeligt.
Und er entfernte alles Auffällige aus seiner Stimme.

Og han fjernede alt iøjnefaldende i sin stemme.

Auch der Vater schien mit der Antwort zufrieden zu sein.

Faderen virkede også tilfreds med svaret.

Und er kehrte zu seinem unvollendeten Frühstück zurück.

Og han vendte tilbage til sin ufærdige morgenmad.

Doch die Schwester flüsterte: „Gregor, mach auf, ich flehe dich an."

Men søsteren hviskede: "Gregor, luk op, jeg beder dig."

Doch ihre Sorge um ihn konnte ihn in keiner Weise bewegen.

Men hendes bekymring for ham kunne ikke røre ham på nogen måde.

Gregor hatte nicht die Absicht, ihr die Tür zu öffnen.

Gregor havde ingen intentioner om at åbne døren for hende.

Durch seine Reisen hatte er sich einige vorsichtige Gewohnheiten angeeignet.

Han havde tilegnet sig nogle forsigtighedsvaner fra at rejse.

Und er lobte sich selbst dafür, die Türen abgeschlossen zu haben.

Og han roste sig selv for at have låst dørene.

Zunächst wollte er in Ruhe und in seinem eigenen Tempo aufstehen.

Først ville han stille og roligt stå op i sin egen tid.

Und er wollte sich ungestört anziehen.

Og uden at blive forstyrret, ville han klæde sig på.

Nachdem er das geschafft hatte, wollte er frühstücken.

Da det var opnået, ville han så spise morgenmad.

Erst dann wollte er die Situation weiter überdenken.

Først derefter ønskede han at overveje situationen nærmere.

Er wusste, dass es sinnlos war, im Bett Pläne zu schmieden.

Han vidste, at det ikke var nogen idé at lægge planer i sengen.

Zu einem vernünftigen Schluss zu gelangen, wäre unmöglich.

Det ville være umuligt at nå frem til en fornuftig konklusion.

Es gab schon andere Male, da war er mit leichten Schmerzen aufgewacht.

Der havde været andre gange, han vågnede med lette smerter.

Diese Schmerzen erwiesen sich stets als reine Einbildung.

Disse smerter viste sig altid at være ren fantasi.

Beim Aufstehen verschwanden die Schmerzen ausnahmslos.

Når man stod ud af sengen, forsvandt smerten uundgåeligt.

Er war neugierig, was mit diesen Ideen geschehen würde.

Han var nysgerrig efter at se, hvad der ville ske med disse idéer.

Die Veränderung seiner Stimme war wahrscheinlich nur auf eine Erkältung zurückzuführen.

Ændringen i hans stemme skyldtes sandsynligvis bare en forkølelse.

Erkältungen sind für Reisende einfach ein Berufsrisiko.

Forkølelse er blot en erhvervsmæssig risiko for rejsende.

Er hatte keinen Zweifel daran, dass dies die logische Erklärung war.

Han var ikke i tvivl om, at det var den logiske forklaring.

Es gelang ihm mühelos, die Decke von sich zu streifen.

Det var nemt at få tæppet af sig selv.

Er musste nur einatmen und sich aufblasen.

Alt han skulle gøre var at trække vejret ind og puste sig op.

Die Decke rutschte von seinem Körper und landete auf dem Boden.

Tæppet gled af hans krop og ned på gulvet.

Sein unglaublich breiter Körperbau erschwerte auch andere Dinge.

Hans utroligt brede krop gjorde andre ting vanskelige.

Er hätte Arme und Hände gebraucht, um aufzustehen.

Han ville have haft brug for arme og hænder for at stå op.

Aber er hatte nicht mehr die Gliedmaßen, die er früher gehabt hatte.

Men han havde ikke de lemmer, han plejede at have.

Anstelle von Armen und Händen hatte er viele kleine Beine.

I stedet for arme og hænder havde han mange små ben.

Und seine Beine bewegten sich ständig, ohne dass er es kontrollieren konnte.

Og hans ben bevægede sig konstant, uden hans kontrol.

Er versuchte, ein Bein zu beugen, aber stattdessen streckte es sich.

Han prøvede at bøje det ene ben, men i stedet strakte det sig.

Schließlich gelang es ihm, ein Bein unter seine Kontrolle zu bringen.

Endelig lykkedes det ham at få kontrol over det ene ben.

Doch dann wurde die Bewegung der anderen Beine freigegeben.

Men så blev bevægelsen i de andre ben sluppet løs.

Und seine Beine zuckten vor lauter Aufregung.

Og alle hans ben spjættede i ekstrem ophidselse.

Zuerst wollte er seinen Unterkörper aus dem Bett bekommen.

Først ville han få sin underkrop ud af sengen.

Seinen Unterkörper hatte er aber noch nicht gesehen.

Men han havde faktisk ikke set sin underkrop endnu.

Und es erwies sich ohnehin als zu schwierig, diesen Teil zu versetzen.

Og det viste sig alligevel at være for vanskeligt at flytte denne del.

Schließlich wagte er mit all seiner Kraft einen waghalsigen Schritt.

Endelig foretog han et vildt træk med al sin styrke.

Ohne weiter zu zögern, trat er vorwärts.

Uden yderligere tøven bevægede han sig fremad.

Doch er hatte die falsche Richtung eingeschlagen.

Men han havde valgt den forkerte retning at bevæge sig i.

Er schlug mit voller Wucht mit dem Körper gegen den unteren Bettpfosten.

Han slog voldsomt sin krop mod den nederste sengestolpe.

Der brennende Schmerz, den er empfand, lehrte ihn eine wertvolle Lektion.

Den brændende smerte, han følte, lærte ham en værdifuld lektie.

Sein Unterkörper war vielleicht empfindlicher.

Den nederste del af hans krop var måske mere følsom.

**Also versuchte er zuerst, seinen Oberkörper aus dem Bett zu
bekommen.**
Så prøvede han at få sin overkrop ud af sengen først.
Er drehte seinen Kopf vorsichtig in die richtige Richtung.
Han drejede forsigtigt hovedet i den rigtige retning.
Und schon bald lag sein Kopf am Bettrand.
Og snart vendte hans hoved mod sengekanten.
**Diese vorsichtige Vorgehensweise fiel ihm tatsächlich
leicht.**
Denne forsigtige bevægelse var faktisk let for ham.
**Und weder seine Breite noch sein Gewicht hinderten ihn an
seinen Bewegungen.**
Og hans bredde og vægt stoppede ikke hans bevægelse.
**Die Masse seines Körpers folgte langsam der Drehung des
Kopfes.**
Hans krops masse fulgte langsomt hovedets drejning.
Doch dann streckte er den Kopf über die Bettkante.
Men så holdt han hovedet ud over sengekanten.
**Und er sah sich einer neuen Angst gegenüber, über die er
noch nicht nachgedacht hatte.**
Og han stod over for en ny frygt, han ikke havde tænkt over
endnu.
**Ein weiteres Vorgehen in dieser Richtung könnte gefährlich
sein.**
Det kan være farligt at gå videre på denne måde.
Er hatte gedacht, er würde sich einfach fallen lassen.
Han havde troet, at han bare ville lade sig selv falde.
**Es wäre aber ein Wunder, wenn er sich dabei nicht am Kopf
verletzen würde.**
Men det ville være et mirakel, hvis han ikke kom til skade i
hovedet.
**Jetzt war nicht der richtige Zeitpunkt, um ein
Bewusstseinsverlustrisiko einzugehen.**
Nu var det ikke tid til at risikere at miste bevidstheden.
Vielleicht wäre es doch besser, im Bett zu bleiben.
Måske ville det være bedre at blive i sengen alligevel.

Doch dann musste er denselben Aufwand betreiben, um zurückzukehren.
Men så måtte han gøre den samme indsats for at komme tilbage.
Nach all der Mühe lag er da, genau wie zuvor.
Efter al den anstrengelse lå han der præcis som før.
Und nun schienen seine Beine noch wütender zu sein als zuvor.
Og nu virkede hans ben endnu vredere, end de havde været.
Die Bewegungen seiner Beine waren noch unkontrollierbarer geworden.
Hans benbevægelser var blevet endnu mere ukontrollerbare.
Er sah keinen Ausweg aus seiner Situation.
Han så ingen måde at komme ud af den situation, han var i.
Aus diesem Chaos konnte kein Frieden und keine Ordnung hergestellt werden.
Fred og orden kunne ikke skabes ud af dette kaos.
Aber er wusste, dass auch im Bett zu bleiben keine Option war.
Men han vidste, at det heller ikke var en mulighed at blive i sengen.
Alles zu opfern war die vernünftigste Option.
At ofre alt var den mest fornuftige løsning.
Er klammerte sich an den kleinsten Hoffnungsschimmer, jemals wieder aufstehen zu können.
Han holdt fast i det mindste håb om at komme ud af sengen.
Wenn ihm das gelingt, hat sich das ganze Risiko gelohnt.
Hvis han havde formået dette, ville al risiko have været det værd.
Doch gleichzeitig erinnerte er sich auch an etwas anderes.
Men han huskede også noget andet på samme tid.
„Besser als verzweifelte Entscheidungen sind ruhige Überlegungen."
"Bedre end desperate beslutninger er rolige refleksioner."
Mit aller Kraft konzentrierte er seinen Blick auf das Fenster.
Med al sin anstrengelse fokuserede han blikket på vinduet.

Doch was er sah, stimmte ihn wenig zuversichtlich und erfreute ihn nicht.

Men det, han så, bragte ham ikke meget selvtillid og opmuntring.

Der Morgennebel hüllte die gesamte enge Straße ein.

Morgendisen dækkede hele den smalle gade.

Der Wecker klingelte erneut; es war nun sieben Uhr.

Vækkeuret ringede igen; nu var klokken syv.

„Es ist bereits sieben Uhr und es ist immer noch so neblig."

"Klokken er allerede syv, og der er stadig så meget tåge."

Eine Zeitlang lag er still da und atmete nur schwach.

Et stykke tid lå han stille og trak kun svagt vejret.

Vielleicht würde etwas Ruhe eine gewisse Normalität herbeiführen.

Måske lidt ro ville føre til en vis normalitet.

Völliges Schweigen könnte die wahren Zustände herbeiführen.

Fuldstændig stilhed kunne frembringe de virkelige forhold.

Doch bevor die Uhr erneut schlug, durchbrach er das Schweigen.

Men inden uret slog igen, brød han stilheden.

Bevor die Uhr wieder schlägt, muss ich aus dem Bett sein.

"Inden klokken ringer igen, skal jeg ud af sengen."

„Ich muss bis dahin unbedingt komplett aus dem Bett sein."

"Jeg må absolut være helt ude af sengen på det tidspunkt."

„Nach Viertel nach sieben schickt das Büro jemanden."

"Efter kvart over otte sender kontoret nogen."

„Weil das Büro vor sieben Uhr öffnete."

"Fordi kontoret åbnede før klokken syv."

Und nun begann er, seinen Körper aus dem Bett zu schaukeln.

Og nu begyndte han at vippe sin krop ud af sengen.

Er hatte aufgehört, sich auf seinen Ober- oder Unterkörper zu konzentrieren.

Han havde opgivet at fokusere på sin over- eller underkrop.

Sein ganzer Körper musste aus dem Bett herausragen.

Hele hans krops længde måtte forlade sengen.

Bei einem Sturz in diese Richtung sollte sein Kopf geschützt sein, dachte er.

At falde på denne måde burde beskytte hans hoved, tænkte han.

Er hatte geplant, den Kopf zu heben, sobald er auf dem Boden aufschlug.

Han havde planlagt at løfte hovedet, når han ramte jorden.

Sein Rücken schien hart genug für den Aufprall zu sein.

Bagsiden af hans krop virkede hård nok til stødet.

Und der Teppich diente dazu, die Landung abzufedern.

Og tæppet var der for at blødgøre landingen.

Seine größte Sorge galt jedoch dem Lärm.

Hans største bekymring var dog den høje støj.

Das krachende Geräusch würde alle im Haus erschrecken.

Den bragende lyd ville skræmme alle i huset.

Vielleicht hätten sie keine Angst vor dem lauten Lärm.

Måske ville de ikke være bange for den høje støj.

Aber sie wären mit Sicherheit besorgt, wenn sie davon hörten.

Men de ville helt sikkert blive bekymrede, hvis de hørte det.

Man musste aber das Risiko eingehen, Aufmerksamkeit zu erregen.

Men risikoen for at tiltrække opmærksomhed måtte tages.

Die neue Methode war eher ein Spiel als eine Anstrengung.

Den nye metode var mere et spil end en anstrengelse.

Er musste seinen Körper in plötzlichen und ruckartigen Bewegungen hin und her wiegen.

Han måtte rokke sin krop i pludselige og rykvise bevægelser.

Gregor war schon halb aus dem Bett aufgestanden.

Gregor var allerede kommet halvvejs ud af sengen.

Nun kam ihm gerade ein neuer Gedanke.

Nu var der en ny tanke, der lige slog ham.

„Es wäre alles so einfach, wenn mir jemand zu Hilfe käme."

"Det ville alt sammen være så nemt, hvis nogen kom mig til hjælp."

„Zwei kräftige Personen würden völlig ausreichen."

"To stærke personer ville være fuldt ud tilstrækkeligt."

Sein Vater und das Dienstmädchen wären stark genug.

Hans far og tjenestepigen ville være stærke nok.

Sie müssten nur ihre Arme unter seinen Rücken schieben.

De skulle bare skubbe armene ind under hans ryg.

Und dann könnten sie ihn ganz leicht aus dem Bett ziehen.

Og så kunne de nemt pille ham ud af sengen.

Vielleicht hätten sie sein Gewicht langsam reduzieren müssen.

Måske skulle de have sænket hans vægt langsomt.

Hoffentlich hätten die Beine dann ihren Zweck gefunden.

Forhåbentlig havde benene så fundet deres formål.

Wäre es nicht letztendlich besser, um Hilfe zu rufen?

"Ville det ikke være bedre alligevel at tilkalde hjælp?"

Das Problem war natürlich, dass er die Türen abgeschlossen hatte.

Problemet var selvfølgelig, at han havde låst dørene.

Irgendwie hatte der Gedanke etwas, das ihn amüsierte.

Der var noget ved tanken, der kildede ham.

Und trotz seiner Notlage konnte er sich ein Lächeln nicht verkneifen.

Og trods sine vanskeligheder kunne han ikke undertrykke et smil.

Er war schon kurz davor, das Gleichgewicht zu verlieren.

Han var allerede tæt på at miste balancen nu.

Mit jedem Schwung kam er dem Umkippen vom Bett näher.

Hvert sving bragte ham tættere på at vælte ud af sengen.

Bald musste er die endgültige Entscheidung treffen.

Snart skulle han træffe den endelige beslutning.

In fünf Minuten würde es Viertel nach sieben sein.

Om fem minutter ville klokken være kvart over syv.

Während er diesen Gedanken nachging, klingelte es an der Tür.

Mens han tænkte disse tanker, ringede det på døren.

„Das ist jemand aus dem Büro", sagte er zu sich selbst.

"Det er en fra kontoret," sagde han til sig selv.

Und er erstarrte fast vor Angst angesichts des Besuchers.

Og han frøs næsten af skræk på grund af den besøgende.

Seine Beine tanzten noch wilder als zuvor.

Hans ben dansede endnu vildere end de havde gjort før.

Doch dann herrschte einen Moment lang Stille.

Men så, et øjeblik, forblev alt stille.

„Sie werden die Tür nicht öffnen", sagte Gregor zu sich selbst.

"De vil ikke åbne døren," sagde Gregor til sig selv.

Er war noch immer einer sinnlosen Hoffnung verfallen.

Han var stadig fanget i et meningsløst håb.

Doch dann ging das Dienstmädchen natürlich zur Tür.

Men så gik stuepigen selvfølgelig hen til døren.

Und wie immer öffnete sie dem Besucher die Tür.

Og som altid åbnede hun døren for den besøgende.

Gregor brauchte nur die erste Begrüßung des Besuchers zu hören.

Gregor behøvede kun at høre den besøgendes første hilsen.

Er konnte sofort erkennen, wer ihn gesucht hatte.

Han kunne med det samme se, hvem der var kommet efter ham.

Der Hauptschreiber selbst war gekommen, um nach Samsa zu sehen.

Chefskriveren var selv kommet for at se til Samsa.

Warum war Gregor der Einzige, der zu diesem Schicksal verurteilt wurde?

Hvorfor var Gregor den eneste, der blev dømt til denne skæbne?

Warum musste ausgerechnet er in einer solchen Organisation dienen?

Hvorfor skulle kun han tjene i sådan en organisation?

Das geringste Versehen weckte sofort Misstrauen.

Den mindste forglemmelse vakte straks mistanke.

Waren alle Angestellten, die dort arbeiteten, Schurken?

Var alle de ansatte, der arbejdede der, slyngler?

Gab es denn keinen treuen und ergebenen Menschen unter ihnen?

Var der ingen trofast og hengiven person iblandt dem?

Hätten sie nicht einfach einen Lehrling schicken können?

Kunne de ikke bare have sendt en lærling?

War diese ganze Infragestellung überhaupt notwendig?

Var alle disse spørgsmål overhovedet nødvendige?

Musste der Bevollmächtigte persönlich erscheinen?

Skulle den bemyndigede repræsentant selv komme?

Musste wirklich die gesamte unschuldige Familie informiert werden?

Skulle hele den uskyldige familie blive informeret?

All diese Überlegungen veranlassten Gregor zum Handeln.

Alle disse overvejelser fik Gregor til at handle.

Er schwang sich mit aller Kraft aus dem Bett.

Han svang sig ud af sengen af al sin kraft.

Es gab einen lauten Knall, aber es war eigentlich kein richtiges Geräusch.

Der lød et højt brag, men det var ikke rigtig en lyd.

Der Fall wurde durch den Teppich etwas abgemildert.

Efteråret var blevet en smule blødgjort af tæppet.

Sein Rücken war elastischer, als Gregor angenommen hatte.

Hans ryg var mere elastisk, end Gregor havde troet.

Der Klang war also dumpfer und nicht so auffällig.

Så lyden var mere kedelig og ikke så mærkbar.

Doch er hatte seinen Kopf während des Sturzes nicht geschützt.

Men han havde ikke passet på sit hoved under faldet.

Und als er auf den Boden aufschlug, schlug er auch mit dem Kopf auf.

Og da han ramte jorden, slog han også hovedet.

Er rieb sich vor Wut und Schmerz den Kopf am Teppich.

Han gned sit hoved i gulvtæppet i vrede og smerte.

Der Manager im Nachbarzimmer hörte jedoch den Lärm.

Men bestyreren på værelset ved siden af hørte støjen.

„Da ist etwas hineingefallen", stellte er richtig fest.

"Noget faldt derind," bemærkede han korrekt.

Gregor versuchte, sich den Manager in seine Lage zu versetzen.

Gregor prøvede at forestille sig lederen i sin situation.

„Könnte ihm dasselbe passieren?", fragte er sich.

"Kunne det samme ske for ham?" tænkte han.

Er akzeptierte, dass dieses seltsame Ereignis möglich sein könnte.

Han accepterede, at denne mærkelige begivenhed kunne være mulig.

Und dann ging der Hauptsekretär ein paar Schritte in den Raum.

Og så tog chefskriveren et par skridt hen til værelset.

Es war fast schon eine plumpe Antwort auf seine Frage.

Det var næsten et groft svar på det spørgsmål, han stillede.

Seine Lederstiefel knarrten, als er sich der Tür näherte.

Hans læderstøvler knirkede, da han nærmede sig døren.

Aus dem Zimmer zu seiner Rechten flüsterte ihm seine Magd zu.

Fra værelset til højre for ham hviskede hans tjenestepige til ham.

„Gregor, der Bevollmächtigte, ist hier."

"Gregor, den bemyndigede repræsentant er her."

„Ich weiß", sagte Gregor, aber nur leise zu sich selbst.

"Jeg ved det," sagde Gregor, men kun stille for sig selv.

Er wagte es nicht, seine Stimme lauter als ein Flüstern zu erheben.

Han turde ikke hæve stemmen over en hvisken.

Weil Gregor nicht wollte, dass seine Schwester ihn hörte.

Fordi Gregor ikke ville, at hans søster skulle høre ham.

„Gregor", sagte der Vater aus dem Zimmer links.

"Gregor," sagde faderen fra værelset til venstre.

Der Manager ist gekommen, um nach dem Rechten zu sehen.

"Chefen er kommet for at undersøge, hvad problemet er."

„Er fragte, warum du nicht den frühen Zug genommen hast."

"Han spurgte, hvorfor du ikke tog det tidlige tog."

„Wir wissen nicht, was wir ihm sagen sollen", sagte der Vater.

"Vi ved ikke, hvad vi skal sige til ham," sagde faderen.

„Übrigens möchte er auch persönlich mit Ihnen sprechen."

"Forresten, han vil også gerne tale med dig personligt."
„Bitte öffnen Sie die Tür, damit er mit Ihnen sprechen kann."
"Åbn venligst døren, så han kan tale med dig."
„Er wird so freundlich sein, das Chaos im Zimmer zu entschuldigen."
"Han vil være venlig nok til at undskylde rodet i rummet."
"Guten Morgen, Herr Samsa", rief ihm der Manager zu.
"Godmorgen, hr. Samsa," råbte bestyreren til ham.
Und er sprach ganz gewiss in freundlicher Weise mit ihm.
Og han talte bestemt venligt til ham.
„Es geht ihm nicht gut", sagte die Mutter zum Manager.
"Han har det ikke godt," sagde moderen til bestyreren.
„Es geht ihm überhaupt nicht gut, glauben Sie mir, lieber Manager."
"Han har det slet ikke godt, tro mig, kære bestyrer."
"Warum sonst sollte Gregor den Morgenzug verpassen?"
"Hvorfor skulle Gregor ellers misse morgentoget?"
„Der Junge hat nichts anderes im Kopf als das Geschäft."
"Drengen har ikke andet i tankerne end forretningen."
„Es ärgert mich fast, dass er nichts anderes tut."
"Det irriterer mig næsten, at han ikke laver andet."
„Ich wünschte, er würde abends an die frische Luft gehen."
"Jeg ville ønske, han gik ud om aftenen for at få frisk luft."
„Er war acht Tage geschäftlich in der Stadt."
"Han var i byen i otte dage i forbindelse med forretninger."
„Aber er war ja jeden dieser Abende zu Hause."
"Men så var han hjemme hver af de aftener"
„Er sitzt an unserem Tisch und liest die Zeitung."
"Han sidder ved vores bord og læser avisen."
„Manchmal studiert er auch die Fahrpläne der Züge."
"På andre tidspunkter studerer han togenes køreplaner."
„Manchmal beschäftigt er sich mit Tischlerarbeiten."
"Nogle gange holder han sig selv beskæftiget med tømrerarbejde."
„Zum Beispiel schnitzte er einen kleinen Bilderrahmen aus Holz."

"For eksempel udskårede han en lille træramme med billeder."
„An zwei oder drei Abenden war er mit der Säge beschäftigt."
"I to eller tre aftener var han travlt optaget af saven."
„Sie werden staunen, wie hübsch der Bilderrahmen ist."
"Du vil blive forbløffet over, hvor smuk billedrammen er."
„Er hat den Bilderrahmen in seinem Zimmer aufgehängt."
"Han har hængt billedrammen op på sit værelse."
„Wenn er die Tür öffnet, werden Sie seine Holzarbeiten sehen."
"Når han åbner døren, vil du se hans træværk."
„Übrigens freut es mich, dass Sie hier sind, Herr Prokurist."
"Forresten, jeg er glad for, at De er her, hr. Prokurist."
„Wir allein hätten Gregor nicht dazu bringen können, die Tür zu öffnen."
"Vi alene kunne ikke have fået Gregor til at åbne døren."
„Er ist so stur", gestand seine Mutter dem Angestellten.
"Han er så stædig," indrømmede hans mor over for ekspedienten.
„Er ist ganz sicher krank, obwohl er das vorher bestritten hat."
"Han er bestemt syg, selvom han benægtede det før."
„Ich komme gleich", sagte Gregor langsam und bedächtig.
"Jeg kommer straks," sagde Gregor langsomt og forsigtigt.
Doch er machte keine Anstalten, sich der Tür des Zimmers zuzuwenden.
Men han bevægede sig ikke hen imod døren til værelset.
Er wollte kein Wort des Gesprächs verpassen.
Han ville ikke miste et ord af samtalen.
Der Hauptsekretär stimmte der Einschätzung der Mutter zu.
Chefsekretæren var enig i moderens vurdering.
"Ich kann es Ihnen auch nicht anders erklären, Madam."
"Jeg kan heller ikke forklare det på nogen anden måde, frue."
„Hoffen wir alle, dass er keine schwere Krankheit hat", sagte er.
"Lad os alle håbe, at han ikke bliver alvorligt syg," sagde han.
„Andererseits stellt es eine Gefahr in unserer Branche dar."

"På den anden side er det en fare i vores branche."

„Wir Geschäftsleute müssen oft Unannehmlichkeiten überwinden.“

"Vi forretningsfolk skal ofte overvinde ubehag."

„Profis müssen leichte Schmerzen einfach aushalten.“

"Professionelle skal bare klare sig igennem små smerter."

Währenddessen klopfte sein Vater erneut an die andere Tür.

Imens bankede hans far på den anden dør igen.

„Kann der Hauptsekretär jetzt hereinkommen?“, wollte er wissen.

"Kan chefsekretæren komme ind nu?" ville han vide.

"Nein, das kann er nicht", antwortete Gregor auf die Frage seines Vaters.

"Nej, det kan han ikke," svarede Gregor på sin fars spørgsmål.

Im Raum links von uns herrschte betretenes Schweigen.

En akavet stilhed faldt i rummet til venstre.

Im Zimmer rechts begann die Schwester zu schluchzen.

I værelset til højre begyndte søsteren at hulke.

Warum war die Schwester nicht zu den anderen gegangen?

Hvorfor var søsteren ikke gået hen for at være sammen med de andre?

Sie war wahrscheinlich gerade erst aufgestanden, dachte er.

Hun var sikkert lige stået op af sengen, tænkte han.

Vielleicht hatte sie noch gar nicht angefangen, sich anzuziehen.

Hun er måske slet ikke begyndt at klæde sig på endnu.

Gregor aber verstand nicht, warum sie weinte.

Men Gregor kunne ikke forstå, hvorfor hun græd.

Lag es daran, dass er nicht aufgestanden war und den Manager hereingelassen hatte?

Var det fordi han ikke rejste sig og lukkede lederen ind?

Lag es daran, dass er Gefahr lief, seinen Job zu verlieren?

Var det fordi han var i fare for at miste sit job?

Könnte der Chef wie früher gegen die Eltern vorgehen?

Mon chefen kommer efter forældrene ligesom før?

Würde er seine alten Forderungen an sie wiederholen?

Ville han stille de gamle krav til dem igen?

Diese Dinge waren wahrscheinlich unnötig.
Disse ting behøvede man nok ikke at bekymre sig om.
Im Moment hatte sie keinen Grund zu weinen.
Foreløbig havde hun ingen grund til at græde.
Gregor war noch da und sorgte für seine Familie.
Gregor var stadig her og forsørgede familien.
Und er hatte nie die Absicht, die Familie zu verlassen.
Og han havde aldrig nogen intentioner om at forlade familien.
Im Moment lag er einfach nur da auf dem Teppich.
Foreløbig lå han bare der på gulvtæppet.
Die Familie wusste nichts von seinem Zustand.
Familien vidste ikke, hvilken tilstand han var i.
Hätten sie das gewusst, hätten sie seinen Chef nicht ermutigt.
Hvis de havde vidst det, ville de ikke have opmuntret hans chef.
Sie hätten nicht einmal den Manager ins Haus gelassen.
De ville ikke engang have lukket bestyreren ind i huset.
Ihn abzuweisen wäre nicht besonders unhöflich gewesen.
At afvise ham ville ikke have været særlig uhøfligt.
Er hätte später problemlos eine passende Ausrede finden können.
Han kunne nemt have fundet en passende undskyldning senere.
Dafür hätte er nicht entlassen werden können.
Det var ikke noget, han kunne være blevet fyret for.
Gregor war der Ansicht, dass es jetzt vernünftiger wäre, allein gelassen zu werden.
Gregor følte, at det ville være mere fornuftigt at blive overladt til sig selv nu.
Ihn durch Weinen und Reden zu stören, brachte wenig.
At forstyrre ham med gråd og snak opnåede ikke meget.
Doch die anderen beunruhigte die Ungewissheit.
Men det var usikkerheden, der generede de andre.
Und genau diese Unsicherheit entschuldigte ihr Verhalten.
Og det var denne usikkerhed, der undskyldte deres opførsel.
„Herr Samsa!", rief der Manager mit erhobener Stimme.

"Hr. Samsa," råbte bestyreren med hævet stemme.
„Was ist los mit dir?", wollte er wissen.
"Hvad sker der med dig?" ville han vide.
„Du hast dich in deinem Zimmer verbarrikadiert."
"Du har barrikaderet dig selv på dit værelse."
„Sie antworten nur mit ‚Ja' oder ‚Nein'."
"Du svarer kun med enten et 'ja' eller et 'nej'."
„Du bereitest deinen Eltern große Sorgen."
"Du forårsager dine forældre alvorlige bekymringer."
„Ich sehe keinen guten Grund, warum Sie sie beunruhigen
sollten."
"Jeg kan ikke se nogen god grund til, at du skulle bekymre
dem."
„Es gibt da noch eine Sache, die ich nebenbei erwähnen
möchte."
"Der er én anden ting, jeg vil nævne i forbifarten."
„Sie vernachlässigen auch Ihre geschäftlichen Pflichten uns
gegenüber."
"Du forsømmer også dine forretningspligter over for os."
„Eine solche Verantwortungslosigkeit entspricht so gar nicht
Ihrem Charakter."
"Sådan uansvarlighed er helt ude af din karakter."
„Ich spreche hier im Namen Ihrer Eltern und Ihres Chefs."
"Jeg taler her på vegne af dine forældre og din chef."
„Und ich bitte Sie um eine sofortige und klare Erklärung."
"Og jeg beder dig om en øjeblikkelig og klar forklaring."
„Das Ganze erstaunt mich wirklich, das muss ich sagen."
"Det hele forbløffer mig virkelig, må jeg sige."
„Ich dachte, ich kenne dich als ruhigen und vernünftigen
Menschen."
"Jeg troede, jeg kendte dig som en rolig og fornuftig person."
„Aber jetzt zeigst du uns eine andere Seite von dir."
"Men nu viser du os en anden side af dig selv."
„Plötzlich zeigst du deine ganz eigenen Launen."
"Pludselig viser du dine meget ejendommelige luner."
„Aber es könnte eine Erklärung für Ihr Scheitern geben."
"Men der kan være en forklaring på din fiasko."

„Der Chef erwähnte eine Forderung, die Sie für uns
eingetrieben hatten."
"Chefen nævnte en gæld, du havde inddrevet for os."
"Ich habe dem Chef in Ihrem Namen mein Ehrenwort
gegeben."
"Jeg gav chefen mit æresord på dine vegne."
„Aber jetzt sehe ich deine unverständliche Sturheit."
"Men nu ser jeg din ubegribelige stædighed."
"Vielleicht verliere ich auch noch jegliche Lust, dir
überhaupt zu helfen."
"Jeg mister måske stadig al lyst til at hjælpe dig."
„Ihre Arbeitsplatzsicherheit ist keineswegs völlig stabil."
"Din jobsikkerhed er på ingen måde helt stabil."
„Eigentlich wollte ich euch das alles unter vier Augen
erzählen."
"Jeg havde oprindeligt til hensigt at fortælle dig alt dette
privat."
„Aber jetzt sehe ich, dass Sie wollen, dass ich hier meine
Zeit verschwende."
"Men nu ser jeg, at du vil have mig til at spilde min tid her."
„Ich sehe also keinen Grund, warum deine Eltern das nicht
wissen sollten."
"Så jeg ser ingen grund til, at dine forældre ikke skulle vide
det."
„Ihre Leistungen in letzter Zeit waren nicht
zufriedenstellend."
"Din seneste præstation har ikke været tilfredsstillende."
„Ich räume ein, dass die Verkäufe zu dieser Jahreszeit
langsamer laufen."
"Jeg indrømmer, at salget er langsommere på denne tid af
året."
„Aber es gibt keine Jahreszeit, in der es keine Verkäufe
gibt."
"Men der er ingen tid på året, hvor der ikke er salg."
Für einen Moment vergaß Gregor alles um sich herum.
Et øjeblik glemte Gregor alt omkring sig.
„Aber Herr Prokurist!", rief Gregor verzweifelt aus.

"Men hr. Prokurist," udbrød Gregor fortvivlet.
"Ich öffne die Tür sofort, jetzt gleich, keine Sorge."
"Jeg åbner døren med det samme, lige nu, bare rolig."
„Das Problem ist, dass ich mich ziemlich unwohl fühle."
"Problemet er, at jeg har haft det ret dårligt."
„Mir war schwindelig, deshalb konnte ich die Tür nicht erreichen."
"Min svimmelhed forhindrede mig i at komme hen til døren."
„Ich liege zwar noch im Bett, aber es geht mir schon viel besser."
"Jeg ligger stadig i sengen, men jeg har det meget bedre."
"Einen Moment bitte, ich stehe gerade erst auf."
"Et øjeblik, tak, jeg står lige op af sengen."
"Einen Moment Geduld, Herr Prokurist, ist alles, worum ich bitte."
"Et øjebliks tålmodighed er alt, hvad jeg beder om, hr. Prokurist."
„Es läuft nicht so gut, wie ich dachte, aber ich werde es schon schaffen."
"Det går ikke så godt, som jeg troede, men det skal nok gå."
"Wie kann so etwas einem Menschen so schnell passieren?"
"Hvordan kan sådan noget ske for et menneske så hurtigt?"
„Mir ging es gestern Abend gut, das wissen meine Eltern."
"Jeg havde det fint i går aftes, det ved mine forældre."
„Aber vielleicht hatte ich damals schon eine kleine Vorahnung."
"Men måske havde jeg allerede en lille forudanelse dengang."
„Man könnte sich fragen, warum ich es nicht im Büro gemeldet habe."
"Du spørger måske, hvorfor jeg ikke anmeldte det på kontoret."
„Ich dachte, ich würde mich morgen früh wieder viel besser fühlen."
"Jeg troede, jeg ville have det meget bedre igen i morgen."
„Man denkt immer, dass sie die Krankheit bis dahin besiegt haben werden."
"Man tror altid, at de vil besejre sygdommen til den tid."

„Aber bitte! Verschonen Sie meine Eltern vor diesen Anschuldigungen!"

"Men vær sød! Skån mine forældre for disse beskyldninger!"

„Mir wurde kein Wort von dem erzählt, was Sie mir erzählt haben."

"Jeg har ikke fået et ord at vide om, hvad du fortalte mig."

„Sie haben möglicherweise die letzten von mir versandten Befehle nicht gelesen."

"Du har måske ikke læst de sidste ordrer, jeg sendte ud."

„Übrigens, du brauchst dir heute keine Sorgen um mich zu machen."

"Forresten, du behøver ikke bekymre dig om mig i dag."

„Ich werde trotzdem den Zug um acht Uhr nehmen."

"Jeg tager stadig toget klokken otte."

„Die wenigen Stunden Ruhe haben mich ausreichend gestärkt."

"De få timers hvile har styrket mig nok."

"Sie müssen wirklich nicht warten, Manager."

"Der er virkelig ingen grund til, at du venter, chef."

„Auch ich werde schon bald im Büro sein."

"Jeg skal også snart selv på kontoret."

"Und bitte seien Sie so freundlich, ein gutes Wort für mich einzulegen."

"Og vær så venlig at lægge et godt ord ind for mig."

Gregor hatte seine Erklärung recht hastig vorgetragen.

Gregor havde udtalt sin forklaring ret hurtigt.

Er wusste selbst kaum, was er eigentlich sagen wollte.

Han vidste knap nok, hvad han egentlig prøvede at sige.

Er ging zu der Kiste und versuchte, sich daran hochzuziehen.

Han gik hen til kassen og prøvede at bruge den til at rejse sig op.

Er hatte wirklich die feste Absicht, die Tür zu öffnen.

Han havde virkelig til hensigt at åbne døren.

Er wollte vom Bevollmächtigten empfangen werden.

Han ønskede at blive set af den bemyndigede repræsentant.

Und er wollte das Problem persönlich mit ihm lösen.

Og han ville løse problemet sammen med ham personligt.

Er war gespannt darauf, wie die anderen auf ihn reagieren würden.

Han var ivrig efter at vide, hvordan de andre ville reagere på ham.

Sie sind bestimmt inzwischen auch gespannt darauf, wie es ihm geht.

De må nu også være ivrige efter at se, hvordan han har det.

Es gab zwei mögliche Arten, wie sie auf ihn reagieren konnten.

Der var to mulige måder, de kunne reagere på ham.

Eine Möglichkeit war, dass sie Angst bekommen würden.

En mulighed var, at de ville blive bange.

Wenn sie Angst hatten, dann trug er keine Verantwortung.

Hvis de var bange, havde han intet ansvar.

Und dann müsste er sich keine Sorgen mehr um die Situation machen.

Og så ville han ikke behøve at bekymre sig om situationen.

Es gab aber auch noch eine andere Möglichkeit, die man in Betracht ziehen musste.

Men der var også en anden mulighed at tænke over.

Vielleicht würden sie ihn so, wie er war, einfach hinnehmen.

Måske ville de roligt acceptere, som han var.

Dann hätte auch Gregor keinen Grund, sich aufzuregen.

Så ville Gregor heller ikke have nogen grund til at blive ked af det.

Es bliebe noch genügend Zeit, den Zug zu erreichen.

Der ville stadig være tid nok til at nå toget.

Das Aufrechtstehen war jedoch alles andere als einfach.

Det var dog på ingen måde en nem opgave at stå oprejst.

Bei seinen ersten Versuchen rutschte er von der Kiste ab.

Ved sine første par forsøg gled han af kassen.

Die Kiste war zu glatt, als dass er sich dagegen stemmen konnte.

Kassen var for glat til, at han kunne stå op ad den.

Und schließlich gab er sich noch einen letzten Anstoß, um aufzustehen.

Og til sidst gav han sig selv et sidste skub for at rejse sig op.

Er schenkte den Schmerzen in seinem Bauch keine Beachtung mehr.

Han var ikke mere opmærksom på smerten i maven.

Egal wie groß der Schmerz sein würde, er würde es durchstehen.

Uanset hvor meget smerten var, ville han komme igennem den.

Er ließ sich gegen die Lehne eines nahegelegenen Stuhls fallen.

Han lod sig falde mod ryglænet på en stol i nærheden.

Und er hielt sich mit seinen kleinen Beinchen am Rand fest.

Og han holdt fast i kanterne med sine små ben.

Zu diesem Zeitpunkt hatte er sich besser im Griff.

På dette tidspunkt havde han fået mere kontrol over sig selv.

Und sein Fall war stiller als der vorherige.

Og hans fald var mere stille end det foregående.

Weil er dem Manager zuhören musste.

Fordi han var nødt til at lytte til, hvad lederen sagde.

„Habt ihr irgendetwas davon verstanden?", fragte er die Eltern.

"Forstod I noget af det?" spurgte han forældrene.

"Er würde uns doch nicht zum Narren halten, oder?"

"Han ville vel ikke gøre os til grin?"

„Um Gottes Willen!", rief die Mutter und weinte bereits.

"For Guds skyld," råbte moderen, allerede grædende.

„Er könnte schwer krank sein und wir quälen ihn."

"Han er måske alvorligt syg, og vi plager ham."

"Grete! Grete!", schrie sie ihrer Tochter zu.

"Grete! Grete!" skreg hun til datteren.

„Mutter?", rief die Schwester von der anderen Seite.

"Mor?" råbte søsteren fra den anden side.

Dann kommunizierten sie durch Gregors Zimmer.

Så kommunikerede de gennem Gregors værelse.

„Gregor ist sehr krank und braucht Medikamente."

"Gregor er meget syg, og han har brug for medicin."

„Sie müssen sofort zum Arzt gehen.“

"Du bliver nødt til at gå til lægen med det samme."

Hast du gehört, wie Gregor eben gesprochen hat?

"Hørte du, hvad Gregor lige talte på?"

„Das war die Stimme eines Tieres“, sagte der Manager.

"Det var et dyrs stemme," sagde bestyreren.

Seine Worte waren leise im Vergleich zu den Schreien der Mutter.

Hans ord var stille sammenlignet med moderens skrig.

"Anna! Anna!", rief der Vater durch das Vorzimmer.

"Anna! Anna!" råbte faderen gennem forværelset.

Und er klatschte in die Hände, um ihre Aufmerksamkeit zu erregen.

Og han klappede i hænderne for at få deres opmærksomhed.

"Holt sofort einen Schlüsseldienst!", befahl er dem Dienstmädchen.

"Få fat i en låsesmed med det samme!" beordrede han stuepigen.

Die Mädchen rannten in ihren Röcken durch das Vorzimmer.

Pigerne løb gennem forværelset i deres nederdele.

Und ihre Röcke raschelten, als sie an seinem Zimmer vorbeiliefen.

Og deres nederdele raslede, da de løb forbi hans værelse.

„Wie konnte sich die Schwester so schnell anziehen?“, dachte er.

"Hvordan fik søsteren tøj på så hurtigt?" tænkte han.

Die Tür war aufgerissen, aber nicht zugeschlagen.

Døren blev revet op, men den blev ikke smækket i.

Dies kommt häufig in Haushalten vor, in denen ein großes Unglück geschieht.

Dette er almindeligt i hjem, hvor der sker en stor ulykke.

All das hatte Gregor jedoch deutlich ruhiger gemacht.

Men alt dette havde fået Gregor til at blive meget roligere.

Als er seine eigenen Worte hörte, erschienen sie ihm klar.

Da han hørte sine egne ord, virkede de klare for ham.

Tatsächlich war er der Ansicht, seine Worte seien eigentlich klarer gewesen.

Faktisk følte han, at hans ord havde været klarere.

Die anderen aber verstanden nicht mehr, was er sagte.

Men de andre forstod ikke længere, hvad han sagde.

Vielleicht hatte er sich inzwischen an seine Ohren gewöhnt.

Måske var han nu blevet vant til sine ører.

Aber zumindest verstanden sie seine Situation jetzt besser.

Men i det mindste forstod de nu hans situation bedre.

Sie erkannten, dass mit ihm tatsächlich etwas nicht stimmte.

De indså virkelig, at der var noget galt med ham.

Und sie taten nun alles, was sie konnten, um ihm zu helfen.

Og nu gjorde de alt, hvad de kunne, for at hjælpe ham.

Dies gab Gregor ein Gefühl des Selbstvertrauens, das ihm gefehlt hatte.

Dette gav Gregor en følelse af selvtillid, han manglede.

Und er fühlte sich in der Familie wieder viel sicherer.

Og han følte sig meget mere tryg igen i familien.

Er hatte das Gefühl, wieder in den menschlichen Kreis aufgenommen zu sein.

Han følte, at han igen var en del af den menneskelige kreds.

Nun musste er hoffen, dass der Schlüsseldienst die Tür öffnen konnte.

Nu måtte han håbe, at låsesmeden kunne åbne døren.

Und er hoffte, der Arzt könne solche Aufgaben ausführen.

Og han håbede, at lægen kunne udføre sådanne opgaver.

Er würde bald wieder mehr reden müssen.

Han skulle snart snakke mere igen.

Seine Stimme musste so klar wie möglich sein.

Hans stemme skulle være så klar som muligt.

Zur Vorbereitung auf das Treffen räusperte er sich.

For at forberede sig til mødet rømmede han sig.

Er bemühte sich jedoch, nur sehr leise zu husten.

Han gjorde dog sit bedste for kun at hoste meget stille.

Das Geräusch klang möglicherweise anders als ein menschlicher Husten.

Lyden kan have lydt anderledes end en menneskelig hoste.

**Er wusste, dass er solche Dinge nicht mehr unterscheiden
konnte.**
Han vidste, at han ikke længere kunne skelne mellem den
slags ting.
Im Nebenzimmer war es vollkommen still geworden.
I det næste rum var der blevet helt stille.
Die Eltern saßen wahrscheinlich am Tisch.
Forældrene sad sandsynligvis ved bordet.
Möglicherweise flüsterten sie mit dem Manager.
De har måske hvisket med lederen.
Vielleicht lehnten alle an der Tür und lauschten.
Måske lænede alle sig ved døren og lyttede.
Gregor schob den Stuhl langsam in Richtung Tür.
Gregor skubbede langsomt stolen hen mod døren.
Er stemmte sich gegen die Tür und hielt sich aufrecht.
Han skubbede sig mod døren og rankede sig op.
**Er stellte fest, dass sich an seinen Fußsohlen ein wenig
Klebstoff befand.**
Han fandt ud af, at hans fodpuder havde lidt lim.
**Und er ruhte sich dort einen Moment lang von der
Anstrengung aus.**
Og han hvilede sig der et øjeblik fra anstrengelsen.
**Nachdem er sich ausreichend ausgeruht hatte, begann er mit
der nächsten Aufgabe.**
Efter at have hvilet sig nok, begyndte han på den næste
opgave.
**Er begann, den Schlüssel mit dem Mund im Schloss zu
drehen.**
Han begyndte at dreje nøglen i låsen med munden.
Leider schien er gar keine Zähne zu haben.
Desværre så det ud til, at han ikke havde nogen rigtige
tænder.
**Aber welche andere Möglichkeit hätte er gehabt, an die
Schlüssel zu gelangen?**
Men hvilken anden måde havde han at få fat i nøglerne på?
Zum Glück für ihn waren seine Kiefer natürlich sehr kräftig.
Heldigvis for ham var hans kæber selvfølgelig meget stærke.

Mit Hilfe seiner Kiefermuskeln brachte er den Schlüssel tatsächlich in Bewegung.
Med hjælp fra sine kæber fik han virkelig nøglen i gang.
Er hatte keinen Zweifel daran, dass er sich damit auch selbst schadete.
Han var ikke i tvivl om, at han også forvoldte sig selv skade.
Weil eine braune Flüssigkeit aus seinem Mund kam.
Fordi der kom en brun væske ud af hans mund.
Die braune Flüssigkeit ergoss sich über den Schlüssel und die Tür hinunter.
Den brune væske flød over nøglen og ned ad døren.
Aber Gregor kümmerte es nicht, dass er sich selbst schadete.
Men Gregor var ligeglad med, at han skadede sig selv.
„Können Sie das hören?", fragte der Manager im Nebenraum.
"Kan du høre det?" spurgte bestyreren i det næste værelse.
„Er dreht den Schlüssel um", hatte der Manager bemerkt.
"Han drejer nøglen," havde lederen bemærket.
Diese Worte waren eine große Ermutigung für Gregor.
Disse ord var en stor opmuntring for Gregor.
Aber auch Vater und Mutter hätten rufen sollen:
Men far og mor burde også have råbt:
„Gut gemacht, Gregor!", hätten sie ihm zurufen sollen.
"Godt, Gregor," burde de have råbt til ham.
„Immer weiter, immer weiter am Schlüssel drehen, du schaffst das."
"Bliv ved, bliv ved med at dreje nøglen, du kan klare det."
Stattdessen musste Gregor sich ihre Begeisterung vorstellen.
Men i stedet måtte Gregor forestille sig deres begejstring.
Er presste die Zähne zusammen mit aller Kraft, die er hatte.
Han kneb kæberne sammen med al den styrke, han havde.
Und er drehte den Schlüssel weiter im Schloss.
Og han fortsatte med at dreje nøglen rundt i låsen.
Sein Körper wand sich schmerzhaft im Kreis.
Smertefuldt vred hans krop sig rundt i en cirkel.
Er konnte sich nur noch mit dem Mund aufrecht halten.
Nu holdt han sig oprejst kun med munden.

Um den Schlüssel weiterzudrehen, drückte er gegen die Tür.
For at blive ved med at dreje nøglen pressede han mod døren.
**Schließlich weckte das Knacken des Schlosses Gregor
wieder auf.**
Endelig vækkede låsens snap Gregor igen.
**„Ich brauchte also keinen Schlüsseldienst", seufzte er
erleichtert.**
"Så jeg behøvede ikke låsesmeden," sukkede han lettet.
**Jetzt musste er nur noch die Tür öffnen, die er
aufgeschlossen hatte.**
Nu skulle han bare åbne den dør, han havde låst op.
Und mit dem Kopf auf dem Türgriff öffnete er die Tür.
Og med hovedet på håndtaget åbnede han døren.
Er befand sich hinter der Tür, die in sein Zimmer führte.
Han stod bag døren, som åbnede ind til hans værelse.
Die Tür war also schon offen, bevor man ihn sehen konnte.
Så døren var allerede åben, før han kunne ses.
Als Nächstes musste er sich um die Tür herummanövrieren.
Dernæst måtte han manøvrere sig rundt om selve døren.
Diese schwierige Bewegung erforderte auch viel Mühe.
Denne vanskelige bevægelse krævede også en stor indsats.
Er wollte nicht ungeschickt in den nächsten Raum fallen.
Han ville ikke falde klodset ind i det næste rum.
**So hatte er keine Zeit, sich auf irgendetwas anderes zu
konzentrieren.**
Så han havde ikke tid til at fokusere på andet.
Doch dann hörte er den Hauptsekretär laut „Oh!" ausrufen.
Men så hørte han chefsekretæren udbryde et højt "Åh!"
Es klang, als würde der Wind durchs Haus rauschen.
Det lød som om vinden susede gennem huset.
Er war zufällig derjenige, der der Tür am nächsten stand.
Han var tilfældigvis den, der var tættest på døren.
Und als er ihn nun sah, presste er die Hand an den Mund.
Og nu, da han så ham, pressede han hånden for munden.
Langsam bewegte er sich rückwärts, weg von Gregor.
Han bevægede sig langsomt baglæns, væk fra Gregor.
Aber es war, als ob eine unsichtbare Kraft auf ihn einwirkte.

Men det var som om en usynlig kraft virkede på ham.

Das Erste, was die Mutter tat, war, den Vater anzusehen.

Det første moderen gjorde var at se på faderen.

Trotz der Anwesenheit des Managers war ihr Haar zerzaust.

Trods bestyrerens tilstedeværelse var hendes hår ujævnt.

Sie verschränkte die Arme und machte zwei Schritte nach vorn.

Hun foldede armene ud og tog to skridt frem.

Doch dann brach sie mitten in ihrem Rock zusammen.

Men så kollapsede hun midt i sin nederdel.

Ihr Kleid breitete sich um sie herum auf dem Boden aus.

Hendes kjole spredte sig rundt om hende på gulvet.

Und ihr Kopf verschwand auf ihren eigenen Brüsten.

Og hendes hoved forsvandt ned på hendes egne bryster.

Der Vater ballte mit feindseligem Gesichtsausdruck die Faust.

Faderen knyttede næven med et fjendtligt udtryk.

Er schien Gregor zurück in sein Zimmer drängen zu wollen.

Han virkede til at ville have Gregor skubbet tilbage ind på sit værelse.

Dann blickte er unsicher im Wohnzimmer umher.

Så kiggede han usikkert rundt i stuen.

Und schließlich bedeckte er seine Augen mit den Händen.

Og til sidst dækkede han øjnene mellem hænderne.

Und er weinte bitterlich, bis seine mächtige Brust erbebte.

Og han græd bitterligt, indtil hans mægtige bryst rystede.

Gregor betrat ihr Zimmer tatsächlich gar nicht.

Gregor gik faktisk slet ikke ind på deres værelse.

Stattdessen lehnte er sich an den Türrahmen.

I stedet lænede han sig op ad dørkarmen.

Von außen war nur die Hälfte seines Körpers sichtbar.

Kun halvdelen af hans krop var synlig for dem udenfor.

Und auf seinem Körper befand sich sein Kopf, zur Seite geneigt.

Og oven på hans krop var hans hoved, vippet til siden.

Das Licht war inzwischen viel heller geworden als zuvor.

Nu var lyset blevet meget klarere end før.

Man konnte nun deutlich die andere Straßenseite sehen.
Nu kunne man tydeligt se den anden side af gaden.
Ein Teil des endlosen, grauen Krankenhauses gab sich zu erkennen.
En del af det endeløse, grå hospital åbenbarede sig.
Der Morgenregen hatte noch nicht ganz aufgehört.
Morgenregnet var ikke helt holdt op med at falde endnu.
Doch nun waren die Regentropfen größer und weiter voneinander entfernt.
Men nu var regndråberne større og længere fra hinanden.
Das Frühstücksbuffet war in Hülle und Fülle vorhanden.
Morgenmadsretterne var på bordet i overflod.
Der Vater hielt das Frühstück für die wichtigste Mahlzeit.
Faderen mente, at morgenmaden var det vigtigste måltid.
Das Frühstück war eine Mahlzeit, die er stundenlang in die Länge zog.
Morgenmaden var et måltid, han trak ud i timevis.
Und in diesen Stunden las er die verschiedenen Zeitungen.
Og i disse timer læste han de forskellige aviser.
Direkt gegenüber hing ein Foto von Gregor.
Lige på den modsatte væg hang et fotografi af Gregor.
Das Foto an der Wand zeigte ihn als Leutnant.
Fotografiet på væggen viste ham som løjtnant.
Es war ein Foto aus seiner Zeit beim Militär.
Det var et billede fra dengang han var i militæret.
Seine Hand ruhte auf seinem Schwert, und er hatte ein unbeschwertes Lächeln im Gesicht.
Hans hånd var på sit sværd, og han havde et ubekymret smil.
Seine Haltung und seine Uniform flößten einen gewissen Respekt ein.
Hans kropsholdning og hans uniform krævede en vis respekt.
Die andere Tür, die zum Vorzimmer führte, war ebenfalls offen.
Den anden dør, der førte ind til forværelset, var også åben.
Und die Tür zur Wohnung war auch noch offen.
Og døren ind til lejligheden var stadig åben.
Man konnte bis zum Vorhof des Wohnhauses sehen.

Man kunne se hele vejen til lejlighedens forgård.

Und dann führte die Treppe hinunter auf die Straße.

Og så førte trappen ned til gaden nedenfor.

Gregor war der Einzige, der die Fassung bewahrt hatte.

Gregor var den eneste, der havde bevaret fatningen.

Er hat das gesehen, daher lag die Verantwortung für das Gespräch bei ihm.

Han så dette, så samtalen var hans ansvar.

"So, ich werde mich jetzt für die Arbeit anziehen", sagte er.

"Nå, jeg skal lige til at klæde mig på til arbejde," sagde han.

„Sobald ich die Textilmuster verpackt habe, werde ich abreisen."

"Når jeg har pakket tekstilprøverne, går jeg."

"Beabsichtigen Sie immer noch, mich zu entlassen, Herr Prokurist?"

"Har De stadig til hensigt at fyre mig, hr. Prokurist?"

„Wie Sie sehen, bin ich nicht so stur, wie Sie dachten."

"Som du kan se, er jeg ikke så stædig, som du troede."

„Und Sie können sehen, dass ich doch gerne arbeite."

"Og du kan se, at jeg trods alt godt kan lide at arbejde."

„Ich kann zugeben, dass Reisen aus beruflichen Gründen nicht einfach ist."

"Jeg kan indrømme, at det ikke er nemt at rejse i forbindelse med arbejdet."

„Aber ich kann auch akzeptieren, dass es Teil meines Jobs ist."

"Men jeg kan også acceptere, at det er en del af mit arbejde."

"Manager, wo gehen Sie hin? Zurück ins Büro?"

"Leder, hvor skal du hen? Tilbage til kontoret?"

„Werden Sie alles, was Sie gesehen haben, wahrheitsgemäß berichten?"

"Vil du ærligt fortælle alt, hvad du har set?"

„Manchmal kommt es vor, dass man nicht zur Arbeit gehen kann."

"Nogle gange sker det, at man ikke kan gå på arbejde."

„Das ist der richtige Zeitpunkt, um sich an vergangene Erfolge zu erinnern."

"Det er det rette tidspunkt at mindes tidligere præstationer."
„Nachdem die Schwierigkeit beseitigt wurde, funktioniert es sogar noch besser.“
"Efter at have fjernet vanskeligheden, fungerer man endnu bedre."
„Mein Fleiß und meine Konzentration werden zunehmen.“
"Min flid og koncentration vil stige."
"Sie wissen ganz genau, dass ich dem Chef etwas schulde."
"Du ved udmærket godt, at jeg står i gæld til chefen."
„Aber ich mache mir auch Sorgen um meine Eltern und meine Schwester.“
"Men jeg er også bekymret for mine forældre og min søster."
„Ich stecke in einer schwierigen Lage, aber ich werde einen Weg finden, da wieder herauszukommen.“
"Jeg er i en vanskelig situation, men jeg skal nok finde en løsning."
„Macht es nicht noch schwieriger, als es ohnehin schon ist.“
"Gør det ikke vanskeligere, end det allerede er."
„Als Kollegen müssen wir uns auch gegenseitig helfen.“
"Som kolleger skal vi også hjælpe hinanden."
„Ich weiß, dass die Büroangestellten die Reisenden nicht mögen.“
"Jeg ved, at kontormedarbejderne ikke kan lide de rejsende."
„Ihr glaubt, wir verdienen ein Vermögen und führen ein gutes Leben.“
"Du tror, vi tjener en formue og lever et godt liv."
„Sie haben keinen wirklichen Grund, ihre Vorurteile zu hinterfragen.“
"De har ingen reel grund til at overveje deres fordomme."
„Sie als befugter Beamter haben jedoch eine andere Rolle.“
"Men du, bemyndiget officer, har en anden rolle."
„Sie haben einen besseren Überblick als die anderen Mitarbeiter.“
"Du har et bedre overblik end de andre medarbejdere."
„Tatsächlich glaube ich, dass Sie den besten Überblick haben.“
"Faktisk tror jeg, du måske har det bedste overblik."

„Sie haben einen besseren Überblick als der Chef selbst."

"Du har et bedre overblik end chefen selv."

„Ich gebe zu, dass der Chef die unternehmerische Arbeit leistet."

"Jeg indrømmer, at chefen udfører det iværksættermæssige arbejde."

„Aber es ist leicht, dass seine Urteile in die Irre geführt werden."

"Men det er let at vildlede hans vurderinger."

„Und diese kleinen Fehleinschätzungen können uns zum Nachteil gereichen."

"Og disse små fejlvurderinger kan være til skade for os."

„Sie wissen ja, wie leicht es ist, über den Reisenden zu sprechen."

"Du ved, hvor let det er at tale om den rejsende."

„Er ist nicht da, um seinen Ruf vor Gerüchten zu verteidigen."

"Han er ikke der for at forsvare sit omdømme mod sladder."

„Diese Anschuldigungen können leicht nur Zufälle sein."

"Disse beskyldninger kan nemt bare være tilfældigheder."

„Viele Beschwerden beruhen nicht einmal auf irgendeiner Wahrheit."

"Mange klager er ikke engang forankret i nogen sandhed."

„Er ist fast das ganze Jahr über nicht im Büro."

"Han er næsten ude af kontoret hele året."

Welche Chance hat er, seinen Ruf zu verteidigen?

"Hvilken chance har han for at forsvare sit eget omdømme?"

„Er erfährt gar nichts von den Anschuldigungen."

"Han får ikke engang at høre om beskyldningerne."

„Er erfährt erst, was gesagt wurde, wenn es zu spät ist."

"Han finder ud af, hvad der er blevet sagt, når det er for sent."

„Zu diesem Zeitpunkt ist er von der Tagesreise völlig erschöpft."

"På det tidspunkt er han udmattet efter dagens rejse."

„Er muss die schrecklichen Konsequenzen trotzdem am eigenen Leib erfahren."

"Han må alligevel opleve de forfærdelige konsekvenser."

„Auch wenn er keine Möglichkeit hat, das Problem zu
verstehen."
"Selvom han ikke har nogen måde at forstå problemet på."
"Oh Manager, gehen Sie nicht, ohne mir ein Wort zu sagen."
"Åh, chef, gå ikke uden at sige et ord til mig."
„Sag mir wenigstens, dass du mir teilweise zustimmst."
"Sig mig i det mindste, at du delvist er enig med mig."
Der Manager hatte sich aber schon viel früher von Gregor
abgewandt.
Men bestyreren havde vendt sig bort fra Gregor meget
tidligere.
Seine Schulter zuckte, als er Gregor anblickte.
Hans skulder dirrede, da han kiggede tilbage på Gregor.
Und er blieb während der gesamten Rede kein einziges Mal
stehen.
Og han stod ikke stille én eneste gang under talen.
Er hatte Gregor mit zusammengepressten Lippen angesehen.
Han havde set tilbage på Gregor med sammenknibte læber.
Er hatte sich allmählich in Richtung Tür zurückgezogen.
Han havde langsomt trukket sig tilbage mod døren.
Aber auch er konnte den Blick nicht von Gregor abwenden.
Men han kunne heller ikke tage øjnene fra Gregor.
Er hatte das Gefühl, es gäbe ein geheimes Verbot, den Raum
zu verlassen.
Han følte, at der var et hemmeligt forbud mod at forlade
rummet.
Zu diesem Zeitpunkt befand er sich aber bereits in der
Eingangshalle.
Men på dette tidspunkt var han allerede i entréen.
Und nun machte er eine plötzliche Bewegung in Richtung
Ausgang.
Og nu gjorde han en pludselig bevægelse mod udgangen.
Er streckte seine rechte Hand in Richtung der Treppe aus.
Han strakte sin højre hånd ud mod trappen.
Vielleicht wartete eine übernatürliche Macht darauf, ihn zu
retten.
Måske ventede en overnaturlig kraft på at redde ham.

Gregor wusste, dass er ihn so nicht gehen lassen konnte.

Gregor vidste, at han ikke kunne tillade ham at gå sådan her.

Der Manager darf nicht in der Stimmung zurückkehren, in der er sich befand.

Manageren må ikke vende tilbage i det humør, han var i.

Gregors Arbeitsplatz war stark gefährdet.

Gregors jobsikkerhed var i stor fare.

Die Eltern konnten das alles nicht vollständig verstehen.

Forældrene kunne ikke fuldt ud forstå alt dette.

Über die Jahre hatten sie sich an seine Arbeitsplatzsicherheit gewöhnt.

Gennem årene havde de vænnet sig til hans jobsikkerhed.

Und sie waren davon überzeugt, dass er den Job auf Lebenszeit hatte.

Og de var blevet overbeviste om, at han havde jobbet for livet.

Stattdessen hatten sie sich mit anderen Sorgen beschäftigt.

I stedet havde de fået travlt med andre bekymringer.

Doch diese Bedenken führten dazu, dass sie jegliche Weitsicht verloren.

Men disse bekymringer førte til, at de mistede al fremsynethed.

Gregor hatte jedoch die elterliche Weitsicht nicht verloren.

Gregor havde dog ikke mistet forældrenes fremsyn.

Jemand musste den Bevollmächtigten stoppen.

Nogen var nødt til at stoppe den bemyndigede repræsentant.

Er musste ihn beruhigen und überzeugen.

Han var nødt til at berolige ham og overbevise ham.

Davon hing die Zukunft von Gregor und seiner Familie ab!

Gregors og hans families fremtid afhang af det!

Wenn doch nur die kluge Schwester da gewesen wäre, um zu helfen.

Hvis bare den intelligente søster havde været her for at hjælpe.

Sie hatte schon geweint, als Gregor noch in seinem Zimmer war.

Hun havde allerede grædt, da Gregor stadig var på sit værelse.

Zu diesem Zeitpunkt lag er einfach nur ruhig auf dem Rücken.

På det tidspunkt lå han bare stille på ryggen.

Sie wusste damals schon um die Bedeutung der Situation.

Hun vidste allerede vigtigheden af situationen dengang.

Der Manager hatte bekanntermaßen eine Schwäche für Frauen.

Lederen havde et velkendt svaghed for kvinder.

Sie hätte ihn leicht dazu überreden können, länger zu bleiben.

Hun kunne nemt have overtalt ham til at blive længere.

Sie hätte die Tür geschlossen und ihn wieder hineingeführt.

Hun ville have lukket døren og ført ham ind igen.

Doch leider war die Schwester bereits aufgebrochen, um einen Arzt zu holen.

Men desværre var søsteren gået for at hente en læge.

Deshalb blieb Gregor nichts anderes übrig, als es selbst zu tun.

Derfor havde Gregor intet andet valg end at gøre det selv.

Er hatte nicht bedacht, welche Fähigkeiten er tatsächlich besaß.

Han havde ikke overvejet, hvad hans evner egentlig var.

Und er hatte vergessen, seiner Fähigkeit zu sprechen zu misstrauen.

Og han havde glemt at mistro sin evne til at tale.

Dennoch verließ er die Sicherheit seines Zimmers.

Men ikke desto mindre forlod han sit værelses sikkerhed.

Und er drängte sich durch die Öffnung des Zimmers.

Og han skubbede sig gennem åbningen i rummet.

Der Manager war bereits auf dem Weg die Treppe hinunter.

Lederen var allerede på vej ned ad trappen.

Aber er hielt sich mit beiden Händen am Geländer fest.

Men han holdt fast i rækværket med begge hænder.

Gregor stürzte, als er sich durch die Tür schob.

Gregor faldt, da han skubbede sig gennem døren.

Er stieß einen kleinen Schrei aus, als er nach Halt griff.

Han udstødte et lille skrig, mens han greb fat i støtte.

Doch anstatt in Panik zu geraten, verspürte er ein körperliches Wohlbefinden.
Men i stedet for panik følte han et fysisk velvære.
Zum ersten Mal an diesem Morgen fühlte sich etwas richtig an.
For første gang den morgen føltes noget rigtigt.
Alle seine Beine standen nun auf festem Boden.
Alle hans ben havde nu fast jord under sig.
Er war überrascht, wie gut er seine Beine kontrollieren konnte.
Han var overrasket over, hvor godt han kunne kontrollere sine ben.
Er freute sich, festzustellen, dass seine Beine ihm vollkommen gehorchten.
Han var glad for at bemærke, at hans ben adlød ham fuldstændigt.
Tatsächlich trugen ihn seine Beine überall hin, wo er hinwollte.
Faktisk bar hans ben ham hvorhen han ville.
Bald würden all seine Sorgen ein Ende finden.
Snart ville alle hans sorger være forbi.
Doch im selben Augenblick sprang seine eigene Mutter auf.
Men i samme øjeblik sprang hans egen mor op.
Ihre Arme waren ausgestreckt und ihre Finger gespreizt.
Hendes arme var strakte ud, og hendes fingre var spredt.
Und sie schrie: „Hilfe, um Gottes willen, helft mir!"
Og hun råbte: "Hjælp, for Guds skyld, hjælp!"
Sie neigte den Kopf; sie wollte Gregor besser sehen.
Hun lagde hovedet på skrå; hun ville se Gregor bedre.
Doch im Gegensatz zu ihrer ersten Handlung rannte sie zurück.
Men som en konklusion på den første handling løb hun tilbage.
Sie hatte vergessen, dass der Tisch hinter ihr gedeckt war.
Hun havde glemt, at bordet var dækket bag hende.
Alle Speisen fürs Frühstück standen noch auf dem Tisch.
Alle tingene til morgenmad var stadig på bordet.

Sie setzte sich hastig auf den Tisch, als sei sie abgelenkt.

Hun satte sig hurtigt ned på bordet, som om hun var distraheret.

Und sie schien den verschütteten Kaffee nicht zu bemerken.

Og hun så ikke ud til at bemærke den spildte kaffe.

Der Kaffee, der inzwischen in den Teppich eingezogen war.

Kaffen, som nu var ved at sive ind i tæppet.

„Mutter, Mutter", sagte Gregor leise und blickte zu ihr auf.

"Mor, mor," sagde Gregor sagte og så op på hende.

Im Moment war ihm der Manager nicht wichtig.

For øjeblikket var manageren ikke vigtig for ham.

Aber da war auch noch der Kaffee, der auf den Teppich tropfte.

Men der var også kaffen, der dryppede ned på gulvtæppet.

Gregor konnte nicht widerstehen und schnappte nach dem Kaffee.

Gregor kunne ikke modstå at knipse med kæberne over kaffen.

Die Mutter fing wegen seines Verhaltens wieder an zu weinen.

Moderen begyndte at græde igen på grund af hans opførsel.

Sie sprang vom Tisch, um Abstand von ihm zu gewinnen.

Hun sprang ned fra bordet for at distancere sig fra ham.

Und sie rannte in die Arme ihres Vaters, um Schutz zu suchen.

Og hun løb ind i faderens arme, for at komme i sikkerhed.

Doch Gregor hatte jetzt keine Zeit mehr für seine Eltern.

Men Gregor havde ikke tid tilovers for sine forældre nu.

Der zuständige Beamte befand sich bereits auf der Treppe.

Den autoriserede betjent var allerede på trappen.

Er hatte sein Kinn auf dem Geländer, um ins Haus zu schauen.

Han havde hagen på rækværket for at kigge ind i huset.

Offenbar wollte er sich das Spektakel noch ein letztes Mal ansehen.

Tilsyneladende ville han have et sidste kig på skuet.

Und Gregor unternahm einen letzten Versuch, den Manager zu erreichen.

Og Gregor gjorde et sidste forsøg på at få fat i lederen.

Er rannte so sicher wie möglich zur Tür.

Han løb hen mod døren så sikkert som han kunne.

Aber der Hauptsekretär muss etwas geahnt haben.

Men chefsekretæren må have mistænkt noget.

Denn er sprang mehrere Stufen hinunter und verschwand.

Fordi han hoppede ned ad flere trin og forsvandt.

"Huh!", rief Gregor, und sein Ruf hallte durch das Treppenhaus.

"Huh!" råbte Gregor og gav genlyd gennem trappeopgangen.

Die Flucht des Managers schien auch seinen Vater zu verwirren.

Managerens flugt syntes også at forvirre hans far.

Bis dahin war es ihm gelungen, recht gefasst zu bleiben.

Indtil da havde han formået at forholde sig nogenlunde fattet.

Doch leider verlor auch er die Fassung, die er zuvor besessen hatte.

Men desværre mistede han også den fatning, han havde haft.

Er hätte Gregor bei seinem Vorhaben helfen sollen.

Hvad han burde have gjort var at hjælpe Gregor i hans jagt.

Doch er packte den Gehstock des Managers mit einer Hand.

Men han greb bestyrerens stok i den ene hånd.

In seiner anderen Hand hielt er nun eine Zeitung.

Og i den anden hånd holdt han nu en avis.

Und nun behinderte er Gregor direkt bei seinem Vorhaben.

Og han hindrede nu direkte Gregor i hans forfølgelse.

Er hatte sich zwischen Gregor und die Straße gestellt.

Han havde placeret sig mellem Gregor og gaden.

Er stampfte mit den Füßen auf und fuchtelte mit dem Stock und der Zeitung herum.

Han stampede med fødderne og viftede med stokken og avisen.

Und er zwang Gregor aktiv zurück in sein Zimmer.

Og han tvang aktivt Gregor tilbage ind på sit værelse.

Keine der Bitten, die Gregor äußerte, half.

Ingen af de anmodninger, Gregor forsøgte at fremsætte, hjalp.

Weil keines seiner Anliegen verstanden wurde.

Fordi ingen af de anmodninger, han fremsatte, blev forstået.

Er wandte den Kopf in eine tiefere, demütigere Haltung.

Han drejede hovedet mod en dybere, mere ydmyg vinkel.

Doch sein Vater antwortete, indem er noch heftiger mit den Füßen aufstampfte.

Men hans far svarede ved at stampe endnu hårdere med fødderne.

Die Mutter öffnete trotz des kühlen Wetters ein Fenster.

Moderen åbnede et vindue, trods det kølige vejr.

Und sie presste ihr Gesicht in die Hände vor Kälte.

Og hun pressede ansigtet i hænderne i kulden.

Der Wind konnte nun durch die gesamte Wohnung strömen.

Vinden kunne nu passere gennem hele lejligheden.

Ein starker Luftzug wehte vom Treppenhaus in die Gasse.

En kraftig træk blæste fra trappen ned i gyden.

Die Vorhänge wurden vom starken Wind hin und her bewegt.

Gardinerne blafrede omkring af den stærke vind.

Und die Zeitung auf dem Tisch raschelte im Wind.

Og avisen på bordet raslede i vinden.

Sogar einige Blätter wurden von draußen ins Haus geweht.

Selv nogle blade blev blæst ind i huset udefra.

Der Vater stampfte mit den Füßen und schob unerbittlich.

Faderen stampede med fødderne og skubbede ubarmhjertigt.

Und er zischte und gab Geräusche von sich, wie es ein Wilder tun würde.

Og han hvæsede og lavede lyde, som en vild mand ville gøre.

Gregor hatte das Rückwärtsgehen aber noch nicht geübt.

Men Gregor havde endnu ikke øvet sig i at gå baglæns.

Selbst Gregor würde zugeben, dass diese Bewegung wesentlich langsamer vonstatten ging.

Selv Gregor ville indrømme, at denne bevægelse var meget langsommere.

Doch alles, was er wollte, war die Gelegenheit, umzukehren.

Alt, hvad han ønskede, var dog muligheden for at vende om.

Dann wäre er sofort in sein Zimmer gegangen.

Så ville han være gået direkte ind på sit værelse.

Aber er hatte zu große Angst, seinen Vater ungeduldig zu machen.

Men han var for bange for at gøre sin far utålmodig.

Und es bestand die Drohung mit einem Schlag mit dem Stock.

Og der var truslen om et slag med stokken.

Ein solcher Schlag auf den Hinterkopf könnte tödlich sein.

Et sådant slag i baghovedet kan være fatalt.

Am Ende blieb Gregor jedoch keine andere Wahl.

Men til sidst havde Gregor intet andet valg.

Ihm wurde klar, dass er nicht einmal mehr geradeaus rückwärts gehen konnte.

Han indså, at han ikke engang kunne gå baglæns ligeud.

Er begann sich so schnell wie möglich umzudrehen.

Han begyndte at vende sig om så hurtigt som han kunne.

Doch in Wirklichkeit war diese Drehbewegung genauso langsam.

Men i virkeligheden var denne drejebevægelse lige så langsom.

Und ihm folgten die besorgten Blicke des Vaters.

Og han blev fulgt af faderens ængstelige blikke.

Vielleicht bemerkte der Vater Gregors gute Absichten.

Måske lagde faderen mærke til Gregors gode intentioner.

Weil er ihn nicht daran hinderte, sich umzudrehen.

Fordi han ikke forstyrrede ham i at vende sig om.

Er benutzte sogar die Spitze seines Stocks, um die Drehung zu steuern.

Han brugte endda spidsen af sin stav til at styre rotationen.

Gregor wünschte sich aber dennoch, sein Vater hätte ihn nicht angefaucht!

Men Gregor ønskede stadig, at faderen ikke havde hvæset ad ham!

Das Zischen trug nur noch zur Verwirrung des Augenblicks bei.

Hvæsen øgede kun øjeblikkets forvirring.

Und dann unterlief ihm ein Fehler, und er bog in die falsche Richtung ab.

Og så lavede han en fejl og drejede den forkerte vej.

Am Ende gelang es ihm schließlich doch, den richtigen Weg einzuschlagen.

Til sidst lykkedes det ham endelig at se situationen i den rigtige retning.

Und er war zufrieden mit den Fortschritten, die er gemacht hatte.

Og han var tilfreds med de fremskridt, han havde gjort.

Doch dann trat das nächste Problem noch deutlicher zutage.

Men så blev det næste problem endnu mere tydeligt.

Sein Körper war zu breit, um problemlos durch die Tür zu passen.

Hans krop var for bred til nemt at passe gennem døren.

In seinem jetzigen Zustand bemerkte der Vater dies nicht.

I sin nuværende tilstand bemærkede faderen ikke dette.

Deshalb kam es ihm nicht in den Sinn, die Tür weiter zu öffnen.

Så det faldt ham ikke ind at åbne døren yderligere.

Dann wäre genügend Platz für Gregor gewesen.

Så ville der have været plads nok til Gregor.

Seine einzige Priorität war es, Gregor in sein Zimmer zu bringen.

Hans eneste prioritet var at få Gregor ind på sit værelse.

Er hätte aufstehen müssen, um durch die Tür zu passen.

Han skulle have stået op for at komme gennem døren.

Der Vater hätte ein solches Manöver jedoch nicht zugelassen.

Men faderen ville ikke have tilladt sådan en manøvre.

Tatsächlich fauchte er ihn noch heftiger an als zuvor.

Faktisk hvæsede han endnu vildere ad ham end før.

Es klang nach mehr als nur einem Mann, der ihn anzischt.

Det lød som mere end bare én mand, der hvæsede ad ham.

Seine Forderungen schienen nun an Dringlichkeit gewonnen zu haben.

Hans krav syntes at have en ny hastende karakter bag sig.

Für Spielereien war jetzt wirklich keine Zeit mehr.

Der var virkelig ikke mere tid til at rode rundt nu.

Was auch immer geschah, Gregor musste durch die Tür gelangen.

Uanset hvad der skete, måtte Gregor komme gennem døren.

Er kämpfte sich ohne jegliche Rücksicht auf sich selbst durch.

Han pressede sig igennem uden nogen selvrespekt.

Durch die Bewegung wurde eine Seite seines Körpers nach oben gedrückt.

Den ene side af hans krop blev tvunget opad af bevægelsen.

Und er lag unbeholfen und schief zwischen den Türrahmen.

Og han lå akavet og skævt mellem døråbningen.

Eine seiner Flanken war am Holz wundgescheuert.

En af hans flanker var gnidet rå mod træet.

Und er hatte hässliche Flecken auf der weiß gestrichenen Tür hinterlassen.

Og han havde efterladt grimme pletter på den hvidmalede dør.

Auf einer Seite seines Körpers hingen die Beine zitternd in der Luft.

Benene på den ene side af ham hang rystende i luften.

Seine anderen Beine drückten schmerzhaft gegen den Boden.

Hans andre ben var presset smertefuldt ned i gulvet.

Bald würde er vollständig zwischen den Türen eingeklemmt sein.

Snart ville han være helt fanget mellem døren.

Und dann hätte er sich überhaupt nicht mehr bewegen können.

Og så ville han slet ikke have været i stand til at bevæge sig.

Doch der Vater gab ihm einen wahrhaft befreienden, starken Anstoß.

Men faderen gav ham et virkelig befriende, kraftigt skub.

Und er stürzte, stark blutend, tief in sein Zimmer hinein.

Og han faldt, kraftigt blødende, dybt ind på sit værelse.

Der Vater knallte die Tür hinter sich mit seinem Stock zu.

Faderen smækkede døren i bag sig med sin stok.

Und dann kehrte endlich wieder Ruhe ein.

Og så var der endelig lidt fred og ro igen.

Teil Zwei
Del to

Gregor wachte erst viel später am Tag auf.

Gregor vågnede først meget senere på dagen.

Die Dämmerung war hereingebrochen; er hatte tief und fest geschlafen.

Skumringen var faldet på; han havde sovet tungt og bevidstløs.

Er wäre auch ohne Störung aufgewacht.

Han ville være vågnet op uden at blive forstyrret.

Denn er fühlte sich ausreichend ausgeruht und gut geschlafen.

Fordi han følte sig tilstrækkeligt udhvilet og sovet godt.

Aber er glaubte, draußen flüchtige Schritte zu hören.

Men han troede, han hørte nogle flygtige skridt udenfor.

Und vielleicht hat jemand die Haustür sorgfältig geschlossen.

Og nogen har måske forsigtigt lukket hoveddøren.

Das Licht der elektrischen Straßenbahn lag blass an der Decke.

Lyset fra den elektriske sporvogn lå blegt på loftet.

Auch die Oberseite der Möbel wurde ein wenig beleuchtet.

Toppen af møblerne fik også lidt lys.

Doch unten am Boden, auf Gregors Höhe, war es dunkel.

Men nede på jorden, på Gregors niveau, var der mørkt.

Seine Beine schoben ihn langsam wieder in Richtung Tür.

Hans ben skubbede ham langsomt mod døren igen.

Er war sehr neugierig, zu sehen, was dort geschehen war.

Han var meget nysgerrig efter at se, hvad der var sket der.

Seine Kontrolle über seine Fühler war jedoch noch nicht entwickelt.
Men hans kontrol over sine følehorn var endnu ikke udviklet.
Obwohl er diese neuen Sensoren allmählich zu schätzen begann.
Selvom han begyndte at sætte pris på disse nye sensorer.
Eine lange, unansehnliche Narbe schien seine linke Seite hinunterzulaufen.
Et langt ubehageligt ar syntes at løbe ned ad hans venstre side.
Die Narbe fühlte sich an, als würde sie diese Seite seines Körpers einengen.
Arret føltes som om det strammede den side af hans krop.
Und so musste er buchstäblich auf seinen zwei Beinreihen humpeln.
Og derfor måtte han bogstaveligt talt halte på sine to rækker ben.
Eines seiner Beine war an diesem Morgen schwer verletzt worden.
Det ene ben var blevet alvorligt skadet den morgen.
Es war wirklich ein Wunder, dass er sich nicht noch mehr Beine gebrochen hatte.
Det var virkelig et mirakel, at han ikke havde brækket flere ben.
Und so schleppte er sein verletztes Bein leblos hinter sich her.
Og således slæbte han sit skadede ben livløst efter sig.
Als er die Tür erreichte, erkannte er etwas Tiefgreifendes.
Da han nåede døren, indså han noget dybsindigt.
Es war der Geruch von etwas, der ihn dorthin gelockt hatte.
Det var lugten af noget, der havde lokket ham derhen.
In Gregors Zimmer war etwas Essbares für ihn hinterlassen worden.
Noget spiseligt var blevet efterladt til Gregor på hans værelse.
Stückchen Weißbrot schwimmen in einer Schüssel mit süßer Milch.
Stykker af hvidt brød flyder i en skål med sød mælk.
Er konnte seine innere Freude kaum verbergen.

Han kunne næsten ikke indeholde den glæde, der var indeni ham.

Er war jetzt noch hungriger als am Morgen.

Han var endnu mere sulten nu end han var i morges.

Er tauchte sofort seinen Kopf in die Schüssel mit Milch.

Han dyppede straks hovedet i skålen med mælk.

Die Milch quoll ihm fast über den ganzen Kopf, bis zu den Augen.

Mælken trængte ud over næsten hele hans hoved, op til øjnene.

Doch schon bald riss er den Kopf zurück, bitter enttäuscht.

Men han trak snart hovedet tilbage, bitterligt skuffet.

Das Essen war aufgrund seiner empfindlichen linken Seite schwierig.

Det var svært at spise på grund af hans sarte venstre side.

Und er konnte nur essen, indem er mit dem ganzen Körper keuchte.

Og han kunne kun spise ved at gispe med hele kroppen.

Das war jedoch nicht der wahre Grund für seine Enttäuschung.

Men det var ikke den egentlige årsag til hans skuffelse.

Milch war schon immer eines seiner Lieblingsgerichte gewesen.

Mælk havde altid været en af hans yndlingsretter.

Er hatte keinen Zweifel daran, dass seine Schwester sich daran erinnerte.

Han var ikke i tvivl om, at hans søster havde husket dette.

Und das war der Grund, warum sie ihm Milch gegeben hatte.

Og det var grunden til, at hun havde givet ham mælk.

Er konnte nicht erklären, warum er Milch jetzt nicht mehr mochte.

Han kunne ikke forklare, hvorfor han nu ikke kunne lide mælk.

Und er wandte sich fast widerwillig von der Schüssel ab.

Og han vendte sig næsten modvilligt væk fra skålen.

Enttäuscht kroch er zurück in die Mitte des Raumes.

Skuffet kravlede han tilbage til midten af rummet.
Hier konnte er durch den Türspalt hindurchsehen.
Her kunne han se gennem sprækken i døren.
Er konnte sehen, dass im Wohnzimmer das Feuer brannte.
Han kunne se, at ilden i stuen var tændt.
Gewöhnlich las der Vater um diese Zeit die Zeitung.
Normalt læste faderen avisen på dette tidspunkt.
Er las seiner Mutter immer mit erhobener Stimme vor.
Han plejede altid at læse for moderen med hævet stemme.
Manchmal lauschte auch die Schwester dem Vater.
Nogle gange lyttede søsteren også med på faderen.
Sie hatte Gregor immer von diesem Vorlesen erzählt.
Hun havde altid fortalt Gregor om denne højtlæsning.
Doch heute war aus dem Zimmer kein Laut zu hören.
Men i dag kom der ingen lyd fra rummet.
Vielleicht war diese Gewohnheit bereits in Vergessenheit geraten.
Måske var denne vane allerede gået ud af praksis.
Eine tiefe Stille hatte sich über die gesamte Wohnung gelegt.
En dyb stilhed havde sænket sig over hele lejligheden.
Obwohl er wusste, dass die Wohnung ganz sicher nicht leer war.
Selvom han vidste, at lejligheden bestemt ikke var tom.
„Was für ein ruhiges Leben die Familie doch führte", dachte Gregor.
"Sikke et stille liv familien lever," tænkte Gregor.
Und er blickte mit großem Stolz in die Dunkelheit.
Og han stirrede ud i mørket med stor stolthed.
Er war stolz auf das Leben, das er ihnen hatte ermöglichen können.
Han var stolt af det liv, han havde kunnet give dem.
Er war stolz auf die schöne Wohnung, in der sie lebten.
Han var stolt af den smukke lejlighed, de boede i.
Doch sollte dieser Frieden nun ein schreckliches Ende nehmen?
Men ville al denne fred få en frygtelig ende?
Würde man ihnen ihren Wohlstand nehmen?

Ville deres velstand blive taget fra dem?

War ihre Zufriedenheit nun in Zukunft ungewiss?

Var deres tilfredshed nu usikker i fremtiden?

Doch er wollte sich nicht in solchen Gedanken verlieren.

Men han ville ikke fortabe sig i sådanne tanker.

Um sich die Zeit zu vertreiben, kroch er die Wände rauf und runter.

For at holde sig beskæftiget kravlede han op og ned ad væggene.

Im Laufe des langen Abends wurde eine Tür einen Spalt breit geöffnet.

I løbet af den lange aften blev en dør åbnet en smule.

Und zu einem anderen Zeitpunkt öffnete sich die andere Tür einen Spaltbreit.

Og på et andet tidspunkt åbnede den anden dør sig lidt.

Doch beide Male wurden die Türen schnell wieder geschlossen.

Men begge gange blev dørene hurtigt lukket igen.

Offenbar hatte jemand draußen den Wunsch, hereinzukommen.

Det var tydeligt, at nogen udenfor havde lyst til at komme ind.

Aber sie hatten auch zu viele Bedenken, hereinzukommen.

Men de havde også for mange bekymringer omkring at komme ind.

Gregor blieb nun direkt vor der Wohnzimmertür stehen.

Gregor stoppede nu direkte ved stuedøren.

Er war fest entschlossen, den zögernden Besucher irgendwie zu verführen.

Han var fast besluttet på på en eller anden måde at friste den tøvende gæst.

Und er wollte auch wissen, wer der Besucher gewesen war.

Og han ville også vide, hvem den besøgende havde været.

Doch an diesem Abend wurde die Tür kein drittes Mal geöffnet.

Men den aften blev døren ikke åbnet en tredje gang.

Und Gregor verbrachte seine Zeit vergeblich damit, an der Tür zu warten.

Og Gregor tilbragte sin tid med at vente ved døren forgæves.

Früher am Tag wollten sie alle in den Raum kommen.

Tidligere på dagen ville de alle gerne ind i rummet.

Jetzt, da die Türen unverschlossen waren, würde es ihnen leichter fallen.

Nu hvor dørene var ulåste, ville det være lettere for dem.

Aber sie entschieden sich dafür, auf der anderen Seite des Raumes zu bleiben.

Men de valgte at blive i den anden ende af rummet.

Gregor bemerkte, dass die Schlüssel nicht mehr in ihren Schlössern steckten.

Gregor bemærkede, at nøglerne ikke længere sad i låsen.

Jemand muss die Schlüssel zum Außenschloss umgesteckt haben.

Nogen må have flyttet nøglerne til den udvendige lås.

Erst spät in der Nacht wurde das Licht im Wohnzimmer ausgeschaltet.

Først sent om aftenen blev lyset i stuen slukket.

Die Familie muss die ganze Zeit wach geblieben sein.

Familien må have været vågen hele tiden.

Und Gregor konnte deutlich hören, wie sie sich auf Zehenspitzen davonschlichen.

Og Gregor kunne tydeligt høre dem liste væk.

Nun würde bis zum Morgen niemand zu Gregor kommen.

Nu skulle ingen komme til Gregor før om morgenen.

So hatte er lange Zeit für sich, um ungestört nachzudenken.

Så han havde lang tid for sig selv til at tænke uforstyrret.

Wie könnte man sein Leben jetzt am besten neu ordnen?

Hvad ville være den bedste måde at omorganisere hans liv på nu?

Doch die hohen Wände des leeren Zimmers ängstigten ihn.

Men de høje vægge i det tomme rum skræmte ham.

Ihm blieb keine andere Wahl, als sich flach auf den Boden zu legen.

Han havde intet andet valg end at lægge sig fladt på jorden.

Und er fand in diesem Raum niemals die Ursache seiner Angst.

Og han fandt aldrig årsagen til sin frygt i det rum.

Es war dasselbe Zimmer, in dem er seit fünf Jahren lebte.

Det var det samme værelse, han havde boet i i fem år.

Halb bewusst machte er eine Bewegung in Richtung Sofa.

Halvbevidst bevægede han sig hen imod sofaen.

Und ohne jede Scham versteckte er sich unter dem Sofa.

Og uden skam gemte han sig under sofaen.

Dort unten fühlte er sich sofort wieder sehr wohl.

Dernede følte han sig straks meget godt tilpas igen.

Obwohl sein Rücken etwas gequetscht war.

Selvom hans ryg var lidt presset.

Auch unter dem Sofa konnte er seinen Kopf nicht mehr heben.

Han kunne heller ikke længere løfte hovedet under sofaen.

Aber selbst das zog er einem Aufenthalt im Freien vor.

Men selv dette foretrak han at være i et hvilket som helst åbent område.

Er bedauerte jedoch, dass sein Körper so breit war.

Han fortrød dog, at hans krop var så bred.

Das Sofa konnte seinen ganzen Körper nicht vollständig bedecken.

Sofaen kunne ikke dække hele hans krop fuldstændigt.

Er blieb die ganze Nacht unter dem Sofa.

Han blev under sofaen hele natten.

Die Nacht verbrachte er halb schlafend, geplagt von seinem Hunger.

Natten tilbragte han halvt i søvn, forstyrret af sin sult.

Und die Zeit, die er wach war, verbrachte er entweder in Sorgen oder in Hoffnung.

Og den tid, han var vågen, tilbragte han enten med bekymring eller håb.

Doch all seine vagen Hoffnungen führten zu demselben Schluss.

Men alle hans vage forhåbninger førte til den samme konklusion.

Ihm blieb nichts anderes übrig, als vorerst zu schweigen.

Han havde intet andet valg end at forholde sig stille for
øjeblikket.
**Er musste der Familie gegenüber Geduld und
Rücksichtnahme zeigen.**
Han måtte vise tålmodighed og hensyn til familien.
**Es war die einzige Möglichkeit, die Unannehmlichkeiten
erträglich zu machen.**
Det var den eneste måde at gøre ulejligheden tålelig på.
Die Unannehmlichkeiten, die er nun der Familie auferlegte.
Den ulejlighed, han nu påtvang familien.
**Er musste nicht lange warten, um sein Mitgefühl unter
Beweis zu stellen.**
Han behøvede ikke at vente længe på at bevise sin medfølelse.
Früh am Morgen schaute die Schwester in sein Zimmer.
Tidligt om morgenen kiggede søsteren ind på hans værelse.
Obwohl es eigentlich genauso viel Nacht wie Morgen war.
Selvom det egentlig var lige så meget nat som det var morgen.
Sie war vollständig angezogen und schien aufgeregt zu sein.
Hun var fuldt påklædt og virkede til at vise begejstring.
**Die Tragfähigkeit seiner neu getroffenen Entscheidung
könnte sich bewähren.**
Styrken af hans nyligt trufne beslutning kunne blive sat på
prøve.
Sie entdeckte ihn nicht sofort auf Anhieb.
Hun fandt ham ikke med det samme ved første øjekast.
Er musste irgendwo sein; weggeflogen konnte er nicht sein.
Han måtte være et sted; han kunne ikke være fløjet væk.
**Doch dann schweifte ihr Blick ein zweites Mal durch den
Raum.**
Men så gled hendes øjne et andet øjeblik hen over rummet.
**Und dieses Mal entdeckte sie seinen Oberkörper unter dem
Sofa.**
Og denne gang fik hun øje på hans torso under sofaen.
**Sie war so verängstigt, dass sie jegliche Selbstbeherrschung
verlor.**
Hun var så bange, at hun mistede al selvkontrol.
Und ihre erste Reaktion war, die Tür wieder zuzuschlagen.

Og hendes første reaktion var at smække døren i igen.
Doch sie schien ihr Verhalten auch sofort zu bereuen.
Men hun syntes også at fortryde sin opførsel med det samme.
Kaum hatte sie die Tür zugeschlagen, öffnete sie sie auch schon wieder.
Så snart hun smækkede døren i, åbnede hun den igen.
Und diesmal schlich sie sich leise auf Zehenspitzen in den Raum.
Og denne gang listede hun forsigtigt ind i rummet.
Sie bewegte sich, als ob sie eine schwerkranke Person besuchen würde.
Hun bevægede sig, som om hun besøgte en alvorligt syg person.
Oder sie könnte einen völlig Fremden besucht haben.
Eller måske besøgte hun en fuldstændig fremmed.
Gregor drückte seinen Kopf fast bis an den Rand des Sofas.
Gregor skubbede hovedet næsten helt ud til kanten af sofaen.
Und von unterhalb des Tresors beobachtete er sie im Zimmer.
Og fra under pengeskabet iagttog han hende i rummet.
Würde sie bemerken, dass er die Milch stehen gelassen hatte?
Ville hun bemærke, at han havde glemt mælken?
Er hatte die Milch nicht etwa aus Mangel an Hunger stehen gelassen.
Han havde ikke forladt mælken på grund af manglende sult.
Wollte sie ihm stattdessen anderes Essen bringen?
Skulle hun i stedet bringe ham noget andet mad?
Vielleicht ein Gericht, das seinen Vorlieben besser entsprach.
Måske en ret, der passede bedre til hans præferencer.
Aber sie hätte seinen Appetit selbst bemerken müssen.
Men hun ville selv have været nødt til at bemærke hans appetit.
Er wäre lieber verhungert, als sie davon erfahren zu lassen.
Han ville hellere have sultet end at gøre hende opmærksom på det.

Eigentlich hätte er es ihr sehr gerne gesagt.
Faktisk ville han meget gerne have fortalt hende det.
Er war wirklich versucht, unter dem Sofa hervorzuschießen.
Han var virkelig fristet til at skyde ud under sofaen.
Er wollte sich seiner Schwester zu Füßen werfen.
Han ville kaste sig ned for sin søsters fødder.
Und er wollte sie um etwas Leckeres zu essen bitten.
Og han ville bede hende om noget godt at spise.
Doch dann blickte die Schwester zu der Schüssel mit Milch.
Men så kiggede søsteren hen mod skålen med mælk.
Sie bemerkte sofort, dass die Schüssel noch voll war.
Hun bemærkede straks, at skålen stadig var fuld.
**Sie war ziemlich überrascht, dass Gregor nichts gegessen
hatte.**
Hun var temmelig overrasket over, at Gregor ikke havde spist
noget.
Nur ein wenig Milch war auf den Boden verschüttet worden.
Kun lidt mælk var blevet spildt på gulvet.
Sie nahm sofort die Schüssel und trug sie hinaus.
Hun tog straks skålen op og bar den ud.
**Er sah, dass sie die Schüssel nicht mit bloßen Händen
aufgehoben hatte.**
Han så, at hun ikke løftede skålen med de bare hænder.
Stattdessen hob sie die Schüssel mit einem der Lappen hoch.
I stedet samlede hun skålen op med en af kludene.
Gregor vergaß dieses kleine Detail jedoch sehr schnell.
Men Gregor glemte meget hurtigt denne lille detalje.
Er war nun von etwas ganz anderem viel begeisterter.
Han var nu meget mere begejstret for noget andet.
Was könnte sie als Ersatz für die Milch mitbringen?
Hvad kunne hun medbringe som erstatning for mælken?
**Er hatte verschiedene Vermutungen darüber, was sie wohl
mitbringen könnte.**
Han havde forskellige tanker om, hvad hun kunne medbringe.
Doch die Güte seiner Schwester übertraf seine Erwartungen.
Men hans søsters venlighed overgik hans forventninger.

Ihr wurde klar, dass sie herausfinden musste, was seine neuen Vorlieben waren.

Hun indså, at hun var nødt til at teste hans nye smag.

Deshalb brachte sie eine ganze Auswahl an verschiedenen Speisen mit.

Så hun medbragte et helt udvalg af forskellig mad.

Halbverfaultes Gemüse, Knochen vom Abendessen.

Halvrådne grøntsager, ben fra aftensmaden.

Die eingedickte Soße von der anderen Mahlzeit, die sie gegessen hatten.

Stivnet sauce fra det andet måltid, de havde spist.

Ein paar Rosinen, einige Mandeln, trockenes Brot, Butterbrot.

Et par rosiner, nogle mandler, tørt brød, smørbrød.

Etwas Brot, das mit Butter bestrichen und gesalzen war.

Noget brød, der var blevet smurt og også saltet.

Käse, den Gregor vor zwei Tagen noch für ungenießbar erklärt hatte.

Ost som Gregor havde erklæret uspiselig for to dage siden.

Die gesamte Auswahl an Speisen wurde auf einer Zeitung ausgelegt.

Alt dette udvalg af mad blev placeret på en avis.

Und sie stellte auch eine Schüssel mit Wasser neben seine Mahlzeiten.

Og hun satte også en skål med vand ved siden af hans måltider.

Sie wusste, dass Gregor nicht vor ihr gegessen hätte.

Hun vidste, at Gregor ikke ville have spist foran hende.

Aus Respekt vor ihm verließ sie deshalb wieder den Raum.

Så af respekt for ham forlod hun rummet igen.

Und sie hat beim Weggehen sogar den Schlüssel im Schloss umgedreht.

Og hun drejede endda nøglen i låsen, da hun gik.

Aber sie drehte den Schlüssel ganz leise und vorsichtig um.

Men hun drejede nøglen meget stille og forsigtigt.

Auf diese Weise würde nur Gregor wissen, dass die Tür verschlossen war.

På den måde ville kun Gregor vide, at døren var låst.

Nun konnte er es sich so bequem machen, wie er wollte.

Nu kunne han gøre det så behageligt for sig selv, som han ville.

Gregors Beine surrten, als es Zeit zum Essen war.

Gregors ben snurrede, da det var tid til at spise.

Bemerkenswert ist, dass er keinerlei Beschwerden mehr verspürte.

Det er værd at bemærke, at han ikke længere følte ubehag.

Seine Wunden müssen bereits vollständig verheilt sein.

Hans sår må allerede være fuldstændig helet.

Weil er seine früheren Behinderungen nicht mehr spürte.

Fordi han ikke længere mærkede sine tidligere handicap.

Seine neue Fähigkeit zu heilen überraschte und verblüffte ihn.

Hans nye evne til at helbrede overraskede og forbløffede ham.

Vor mehr als einem Monat schnitt er sich mit einem Messer in den Finger.

For mere end en måned siden skar han sig i fingeren med en kniv.

Bis vor zwei Tagen schmerzte ihn diese Wunde noch.

Indtil for to dage siden gjorde såret stadig ondt i ham.

„Bin ich jetzt viel weniger empfindlich?", dachte er bei sich.

"Er jeg meget mindre følsom nu?" tænkte han for sig selv.

Inzwischen lutschte er gierig an dem Käse.

Nu suttede han allerede grådigt på osten.

Er fühlte sich vom Käse mehr angezogen als von den anderen Speisen.

Han var mere tiltrukket af osten end af den anden mad.

Er aß schnell ein Stück Käse nach dem anderen.

Han spiste hurtigt det ene stykke ost efter det andet.

Beim Genuss des Geschmacks traten ihm vor Zufriedenheit die Tränen in die Augen.

Hans øjne løbe i vand af tilfredshed over smagen.

Nach dem Käse aß er das Gemüse und die Soße.

Efter osten spiste han grøntsagerne og saucen.

Das frische Essen schmeckte ihm jedoch nicht.

Den friske mad smagte ham dog ikke godt.

Tatsächlich konnte er nicht einmal den Geruch von frischen Lebensmitteln ertragen.

Faktisk kunne han ikke engang udstå duften af frisk mad.

Er hat sogar die anderen Lebensmittel von den frischen Lebensmitteln weggezerrt.

Han slæbte endda den anden mad væk fra den friske mad.

Und im Nu hatte er auch noch das Essbare aufgegessen.

Og meget hurtigt spiste han den mest spiselige mad.

Das ganze leckere Essen hatte eine schläfrig machende Wirkung auf ihn.

Al den lækre mad havde en søvndyssende virkning på ham.

Und er lag träge an der Stelle, wo er gegessen hatte.

Og han lå dovent på det sted, hvor han havde spist.

Schließlich kam seine Schwester zurück, um noch einmal nach ihm zu sehen.

Til sidst kom hans søster tilbage for at se til ham igen.

Sie hatte die Weitsicht, den Schlüssel ganz langsam umzudrehen.

Hun havde fremsynet til at dreje nøglen meget langsomt.

Dies war für Gregor ein Warnsignal, sich zurückzuziehen.

Dette gav Gregor en advarsel om, at han skulle trække sig tilbage.

Benommen und erschrocken huschte er zurück unter das Sofa.

Forvirret og forskrækket skyndte han sig tilbage under sofaen.

Doch diesmal war es nicht so einfach, unter dem Sofa zu bleiben.

Men det var ikke så nemt at blive under sofaen denne gang.

Sein Körper war durch das viele Essen etwas runder geworden.

Hans krop var blevet lidt rund af al maden.

Und er musste sich beherrschen, nicht wieder auszulaufen.

Og han måtte beherske sig for ikke at løbe tør igen.

Auch wenn die Schwester nicht lange im Zimmer blieb.

Selvom søsteren ikke blev længe på værelset.

In dem engen Raum rang er nach Luft.

Han kæmpede med at trække vejret under det smalle rum.
Doch er überwand die kurzen Anfälle von Atemnot.
Men han klarede sig igennem de små kvælningsanfald.
Mit aufgerissenen Augen beobachtete er die Aktivitäten der Schwester.
Med udstående øjne iagttog han søsterens aktiviteter.
Die ahnungslose Schwester schüttete alles in einen Eimer.
Den intetanende søster hældte alt i en spand.
Sie entsorgte nicht nur das Essen, das Gregor nicht gegessen hatte.
Hun kasserede ikke blot den mad, Gregor ikke havde spist.
Aber sie entsorgte auch das Essen, das er nicht angerührt hatte.
Men hun kasserede også den mad, han ikke havde rørt ved.
Offenbar war dieses Essen nun für niemanden mehr genießbar.
Tilsyneladende var den mad nu ikke længere spiselig for nogen.
Anschließend verschloss sie den Futtereimer mit einem Holzdeckel.
Derefter lukkede hun madspanden med et trælåg.
Und mit dem Essen, dem Eimer und dem Wischmopp ging sie.
Og med maden, spanden og moppen gik hun.
Gregor hätte nicht mehr lange warten können.
Gregor ville ikke have kunnet vente meget længere.
Sobald sie weg war, entkam er unter dem Sofa hervor.
Så snart hun var væk, flygtede han væk under sofaen.
Und er streckte sich aus und atmete erleichtert auf.
Og han strakte sig ud og pustede lettet op.
So erhielt Gregor von nun an regelmäßig seine Nahrung.
Sådan fik Gregor mad fra nu af.
Seine Schwester gab ihm einmal früh am Morgen etwas zu essen.
Hans søster gav ham mad én gang tidligt om morgenen.
Zu dieser Stunde schliefen die Eltern und das Dienstmädchen noch.

På dette tidspunkt sov forældrene og tjenestepigen stadig.

Und er erhielt eine zweite Mahlzeit, nachdem alle anderen bereits zu Mittag gegessen hatten.

Og han fik et andet måltid, efter at alle havde spist frokost.

Denn zu dieser Zeit schliefen die Eltern auch eine Weile.

Fordi på det tidspunkt sov forældrene også lidt.

Und das Dienstmädchen wurde von der Schwester mit einer Besorgung weggeschickt.

Og tjenestepigen blev sendt væk af søsteren i et eller andet ærinde.

Sie hatten ganz sicher nicht die Absicht, Gregor verhungern zu lassen.

De havde bestemt ikke til hensigt at sulte Gregor.

Aber sie hätten ihm auch nicht beim Essen zusehen wollen.

Men de ville heller ikke have lyst til at se ham spise.

Die Angaben der Schwester reichten als Information aus.

Det, søsteren nævnte, var tilstrækkelig information.

Vielleicht war es ihre Art, den Eltern den Kummer zu ersparen.

Måske var det hendes måde at skåne forældrene for sorgen.

Sie hatten unter seinen Taten schon genug gelitten.

De havde allerede lidt nok under hans handlinger.

Der erste Tag verblasste langsam zu einer fernen Erinnerung.

Den første dag var langsomt ved at blive et fjernt minde.

Gregor hatte keine Möglichkeit zu erfahren, was an diesem Tag geschah.

Gregor havde ingen måde at vide, hvad der skete den dag.

Wie wurde der Schlüsseldienstmitarbeiter aus der Wohnung geleitet?

Hvordan blev låsesmeden guidet ud af lejligheden?

Mit welchen Ausreden war der Arzt schließlich zufrieden?

Med hvilke undskyldninger var lægen endelig tilfreds?

Er hatte keinen Weg gefunden, sich verständlich zu machen.

Han havde ingen måde at gøre sig forståelig på.

Es gelang ihm nicht einmal, mit seiner Schwester zu kommunizieren.

Han formåede ikke engang at kommunikere med sin søster.

Und so dachten sie, er könne sie nicht verstehen.

Og derfor troede de, at han ikke kunne forstå dem.

Und deshalb wurde auch kein Versuch unternommen, mit ihm zu sprechen.

Og derfor blev der ikke gjort nogen forsøg på at tale med ham.

Seine Schwester kam jeden Morgen und jeden Mittag in sein Zimmer.

Hans søster kom ind på hans værelse hver morgen og til frokost.

Doch er musste sich damit begnügen, ihre Seufzer zu hören.

Men han måtte nøjes med at høre hendes suk.

Später gewöhnte sie sich dann doch etwas mehr an Gregors Gestalt.

Senere vænnede hun sig dog lidt mere til Gregors form.

Und sie fühlte sich etwas freier, weitere Bemerkungen zu machen.

Og hun følte lidt mere frihed til at komme med flere bemærkninger.

(Obwohl sie sich nie ganz an ihn gewöhnen würde.)

(Selvom hun aldrig ville vænne sig helt til ham.)

Und dann fühlte sich Gregor wieder etwas mehr angesprochen.

Og så følte Gregor sig lidt mere tiltalt igen.

Und er nahm wahr, was er als freundliche Kommentare empfand.

Og han opfattede, hvad han opfattede som venlige kommentarer.

„Ihm hat das Essen heute geschmeckt" oder „Er hat alles aufgegessen".

"Han nød sin mad i dag," eller "han spiste alt."

Das war aber erst der Fall, nachdem er sein gesamtes Essen aufgegessen hatte.

Men det var først, da han havde spist al sin mad.

Doch in letzter Zeit kam dies immer seltener vor.

Men på det seneste er dette blevet mere og mere sjældent.

„Er hat sein Essen kaum angerührt", sagte sie jetzt immer öfter.

"Han rørte næsten ikke sin mad," sagde hun oftere nu.

Und jedes Mal schwang ein Hauch von Traurigkeit in ihrer Stimme mit.

Og der var et strejf af tristhed i hendes stemme hver gang.

Gregor konnte keine anderen Nachrichten direkter empfangen.

Gregor kunne ikke høre andre nyheder mere direkte.

Aber er hörte viele Neuigkeiten aus den angrenzenden Zimmern mit.

Men han overhørte en masse nyheder fra de tilstødende værelser.

Als er Stimmen hörte, rannte er zur entsprechenden Tür.

Da han hørte stemmer, løb han hen til den tilsvarende dør.

Und er presste seinen ganzen Körper gegen die Tür, um zu hören.

Og han pressede hele sin krop mod døren for at høre.

Alle Gespräche drehten sich in irgendeiner Weise um ihn.

Alle samtaler vedrørte ham på en eller anden måde.

Selbst wenn es scheinbar um etwas ganz anderes ging.

Selv når emnet tilsyneladende handlede om noget andet.

Diese Beobachtung traf insbesondere in der Anfangszeit zu.

Denne observation var især sand i de tidlige dage.

Bei jeder Mahlzeit wiederholten sie die gleiche Diskussion.

Under hvert måltid gentog de den samme diskussion.

Sie waren sich noch immer unsicher, wie sie sich ihm gegenüber verhalten sollten.

De var stadig usikre på, hvordan de skulle opføre sig omkring ham.

Das gleiche Thema wurde aber auch zwischen den Mahlzeiten besprochen.

Men det samme emne blev også diskuteret mellem måltiderne.

Weil immer zwei Familienmitglieder zu Hause waren.

Fordi der altid var to familiemedlemmer hjemme.

Niemand wollte allein im Haus bleiben.
Ingen havde lyst til at blive alene i huset.
Aber die Wohnung leer stehen zu lassen, kam auch nicht in Frage.
Men at lade lejligheden stå tom var heller ikke muligt.
Das Dienstmädchen war die Einzige, die nicht an die Wohnung gebunden war.
Stuepigen var den eneste, der ikke var bundet til lejligheden.
Sie hatte bereits am ersten Tag darum gebeten, gehen zu dürfen.
Hun havde allerede bedt om at gå på den allerførste dag.
Sie kniete nieder und flehte darum, entlassen zu werden.
Hun faldt på knæ og bad om at blive afskediget.
Die Familie wusste nicht, wie viel das Dienstmädchen tatsächlich wusste.
Familien vidste ikke, hvor meget stuepigen egentlig vidste.
Zu diesem Zeitpunkt hatte sie nicht mehr gesehen als alle anderen.
På det tidspunkt havde hun ikke set mere end nogen anden.
Was geschehen war, blieb der Familie weiterhin ein Rätsel.
Hvad der var sket, var stadig et mysterium for familien.
Doch eine Viertelstunde später verabschiedete sie sich.
Men et kvarter senere sagde hun farvel.
Und sie dankte der Familie mit Tränen in den Augen.
Og hun takkede familien med tårer i øjnene.
Aber eigentlich dankte sie ihnen dafür, dass sie sie freigelassen hatten.
Men egentlig takkede hun dem for at have løsladt hende.
Sie schienen ihr größte Freundlichkeit entgegengebracht zu haben.
De syntes at have vist hende den største venlighed.
Sie leistete sogar einen Eid, ohne dazu aufgefordert worden zu sein.
Hun aflagde endda en ed, uden at blive bedt om det.
Sie sagte, sie würde niemandem erzählen, was passiert war.
Hun sagde, at hun ikke ville fortælle nogen, hvad der var sket.

Nun musste die Schwester zusammen mit ihrer Mutter kochen.

Nu skulle søsteren lave mad sammen med sin mor.

Das war aber keine allzu große Unannehmlichkeit.

Men dette var egentlig ikke til megen ulejlighed.

Weil die beiden sowieso fast nichts aßen.

Fordi de to næsten ikke spiste noget alligevel.

Immer und immer wieder hörte Gregor dasselbe Gespräch mit.

Igen og igen overhørte Gregor den samme samtale.

Einer der beiden sagte dem anderen, er müsse mehr essen.

Den ene person sagde til den anden, at de skulle spise mere.

Diese Person erhielt jedoch keine Antwort von der betreffenden Person.

Men vedkommende fik intet svar fra personen.

„Danke, ich habe genug", oder etwas Ähnliches.

"Tak, jeg har nok", eller noget lignende.

Vielleicht tranken sie auch gar nichts mehr.

Måske drak de heller ikke noget mere.

Die Schwester fragte ihren Vater oft, ob er Bier wolle.

Søsteren spurgte ofte sin far, om han ville have øl.

Und sie bot freundlicherweise an, das Bier selbst zu holen.

Og hun tilbød varmt at hente øllet selv.

Der Vater schwieg auf ihre Bitte hin stets.

Faderen forblev altid tavs på hendes anmodning.

Die Schwester musste also einen Weg finden, jeden Zweifel auszuräumen.

Så søsteren måtte finde en måde at fjerne enhver tvivl på.

Und sie sagte, sie würde das Dienstmädchen losschicken, um Bier zu holen.

Og hun sagde, at hun ville sende stuepigen ud for at hente noget øl.

Doch dann sagte der Vater schließlich ein lautes, deutliches „Nein".

Men så sagde faderen endelig et stort rungende "nej".

Das Thema, dass er ein Bier trank, wurde danach nicht mehr erwähnt.

Så blev emnet om, at han drak en øl, ikke længere nævnt.

Er hatte die finanzielle Situation bereits zuvor erläutert.

Han havde allerede forklaret den økonomiske situation før.

Tatsächlich sprach er schon am ersten Tag über Finanzen.

Faktisk nævnte han økonomien den allerførste dag.

Er machte ihnen die Aussichten deutlich.

Han gjorde dem godt klar over, hvad udsigterne var.

Sein eigenes Unternehmen war vor etwa fünf Jahren zusammengebrochen.

Hans egen virksomhed gik konkurs for omkring fem år siden.

Hin und wieder stand er auf, um den Tisch zu verlassen.

I ny og næ rejste han sig for at forlade bordet.

Und er ging zur Kasse seines alten Geschäfts.

Og han gik til kassen i sin gamle forretning.

Aus Sentimentalität hatte er die Kasse aufgehoben.

Han havde gemt kasseapparatet af sentimentalitet.

Gregor hörte, wie er ein schweres und kompliziertes Schloss öffnete.

Gregor hørte ham låse en tung og kompliceret lås op.

Und er holte Quittungen und Bücher aus der Kasse.

Og han tog kvitteringer og bøger frem fra kassen.

Nachdem er die Gegenstände an sich genommen hatte, schloss er die Geldkassette wieder ab.

Efter at have taget genstandene låste han pengekassen igen.

Gregor hatte seit seiner Gefangennahme keine guten Nachrichten mehr erhalten.

Gregor havde ikke hørt nogen gode nyheder siden sin fængsling.

Er glaubte, das Geschäft habe seinen Vater in den Ruin getrieben.

Han troede, at forretningen havde ruineret hans far.

Dieser Eindruck war Gregor vom Vater sicherlich vermittelt worden.

Faderen havde bestemt givet Gregor det indtryk.

Und Gregor fragte ihn nie wieder nach den Finanzen.

Og Gregor spurgte ham aldrig mere om finanserne.

Gregor wollte alles tun, was er konnte, um der Familie zu helfen.

Gregor ville gøre alt, hvad han kunne, for at hjælpe familien.

Er wollte ihnen helfen, das geschäftliche Unglück zu vergessen.

Han ville hjælpe dem med at glemme den uheldige forretningssituation.

Der Bankrott, der zur völligen Hoffnungslosigkeit führte.

Konkursen, der medførte fuldstændig håbløshed.

So begann er mit einer ganz besonderen Leidenschaft zu arbeiten.

så begyndte han at arbejde med en helt særlig passion.

Er war quasi über Nacht zum Handelsreisenden geworden.

Han var blevet en rejsende sælger næsten natten over.

Davor hatte er lediglich als schlecht bezahlter Angestellter gearbeitet.

Før det havde han bare arbejdet som en lavtlønnet kontorist.

Nun boten sich ihm völlig andere Verdienstmöglichkeiten.

Nu havde han helt andre indtjeningsmuligheder.

Erfolgreiche Verkäufe konnten sofort in Bargeld umgewandelt werden.

Succesfuldt salg kunne øjeblikkeligt omsættes til kontanter.

Das Geld wird natürlich aus seinen Provisionen ausgezahlt.

Pengene bliver selvfølgelig udbetalt fra hans provisioner.

Nun konnte Gregor Geld auf den Familientisch bringen.

Nu kunne Gregor lægge penge på familiebordet.

Und sie waren erstaunt und erfreut über seinen Verdienst.

Og de var forbløffede og glade over hans fortjeneste.

Aber diese schönen Zeiten werden sich nicht wiederholen.

Men de smukke tider gentager sig ikke.

Sie hatten sich gerade erst an diese schönen Zeiten gewöhnt.

De havde kun lige vænnet sig til disse gode tider.

Jeden Zahltag nahm die Familie das Geld dankbar entgegen.

Hver lønningsdag tog familien taknemmeligt imod pengene.

Und Gregor war ebenso gern bereit, das Geld herauszugeben.

Og Gregor var lige så glad for at overrække pengene.

Doch die im Gegenzug entgegengebrachte herzliche Zuneigung erlosch allmählich.

Men den varme kærlighed, der blev givet til gengæld, døde langsomt.

Nur seine Schwester stand Gregor noch so nahe wie zuvor.

Kun hans søster forblev lige så tæt på Gregor som før.

Im Gegensatz zu Gregor hatte sie eine tiefe Wertschätzung für Musik.

Hun havde, i modsætning til Gregor, en dyb værdsættelse af musik.

Und sie konnte sehr berührend Geige spielen.

Og hun vidste, hvordan man spillede violin meget rørende.

Gregor plante insgeheim, sie auf eine Musikschule zu schicken.

Gregor planlagde i hemmelighed at sende hende på musikskole.

Er hatte noch nicht entschieden, wie er die Kosten decken würde.

Han havde endnu ikke besluttet, hvordan han ville betale udgifterne.

Aber irgendwie würde er die Kosten decken.

Men på en eller anden måde skulle han nok dække udgifterne.

Gelegentlich unternahmen Gregor und seine Familie Kurztrips.

Af og til tog Gregor og familien på korte ture.

Gregor und seine Schwester sprachen oft über dieses Thema.

Gregor og søsteren bragte ofte emnet op.

Es wurde aber immer nur als eine wunderbare Idee erwähnt.

Men det blev kun nogensinde nævnt som en fantastisk idé.

Sie glaubten nicht wirklich, dass der Traum in Erfüllung gehen könnte.

De troede ikke rigtig på, at drømmen kunne blive til virkelighed.

Und den Eltern gefielen solche fantasievollen Ambitionen nicht.

Og forældrene brød sig ikke om sådanne fantasifulde
ambitioner.
Selbst wenn das Thema ganz harmlos angesprochen wurde.
Selv når emnet blev bragt op meget uskyldigt.
Gregor dachte aber weiterhin an die Musikschule.
Men Gregor fortsatte med at tænke på musikskolen.
**Und er hatte vor, das Geschenk am Heiligabend
anzukündigen.**
Og han planlagde at annoncere gaven juleaften.
In seinem jetzigen Zustand wäre das natürlich unmöglich.
Selvfølgelig ville det være umuligt i hans nuværende tilstand.
Doch solche Gedanken gingen ihm durch den Kopf.
Men den slags tanker fór gennem hans hoved.
**Und solche Gedanken kamen ihm, während er der Familie
zuhörte.**
Og han havde sådanne tanker, mens han lyttede til familien.
Manchmal war er zu müde, um ihnen weiter zuzuhören.
Til tider blev han for træt til at blive ved med at lytte til dem.
Vor Erschöpfung sank sein Kopf gegen die Tür.
Hans hoved faldt mod døren af træthed.
Doch er legte sofort wieder seinen Kopf gegen die Tür.
Men han satte straks hovedet mod døren igen.
Denn selbst das leiseste Geräusch war draußen zu hören.
Fordi selv den mindste lyd kunne høres udenfor.
**Und jedes Geräusch, das er machte, brachte die Familie zum
Schweigen.**
Og enhver lyd, han lavede, ville få familien til at blive tavs.
„Was macht er denn jetzt?", fragte der Vater die Familie.
"Hvad laver han nu?" spurgte faderen familien.
**Und er ging zur Tür, um nachzusehen, was das Geräusch
verursachte.**
Og han gik hen til døren for at tjekke, hvad lyden var.
**Und dann wurde das unterbrochene Gespräch allmählich
wieder aufgenommen.**
Og så genoptoges den afbrudte samtale gradvist.
**Was der Vater aber sagte, überraschte alle auf positive
Weise.**

Men hvad faderen sagde, overraskede positivt alle.

Gregor erfuhr nun den wahren Stand der Finanzen.

Gregor fik nu at vide, hvordan det stod til med finanserne.

Trotz all des Unglücks gab es auch etwas Glück.

Trods alle uheldene var der også lidt held og lykke.

Ein kleines Vermögen aus alten Zeiten war noch vorhanden.

En meget lille formue fra gamle dage var der stadig.

Der Vater erklärte die Dinge, musste sich aber wiederholen.

Faderen forklarede tingene, men måtte gentage sig selv.

Weil er sich eine Weile nicht mehr mit diesen Dingen befasst hatte.

Fordi han ikke havde beskæftiget sig med disse ting i et stykke tid.

Und weil die Mutter solche Dinge nicht verstand.

Og fordi moderen ikke forstod den slags.

Die Zinssätze der Bank waren etwas gestiegen.

Renterne fra banken var steget en smule.

Das unberührte Geld hatte sich stärker erhöht als erwartet.

De ubrugte penge var steget mere end forventet.

Darüber hinaus hatte Gregor ihnen immer seine Ersparnisse gegeben.

Derudover havde Gregor altid givet dem sine opsparinger.

Er hatte nur wenige Gulden für sich behalten.

Han havde altid kun beholdt et par gylden til sig selv.

Und sein Geld war auch noch nicht vollständig aufgebraucht.

Og hans penge var heller ikke helt brugt op.

Zusammen hatte sich dieses Geld zu einem kleinen Kapital angesammelt.

Tilsammen havde disse penge akkumuleret til en lille kapital.

Gregor nickte hinter seiner Tür eifrig zu der Nachricht.

Gregor, bag sin dør, nikkede ivrigt ad nyheden.

Er war erfreut über diese unerwartete Vorsicht und Sparsamkeit.

Han var glad for denne uventede forsigtighed og sparsommelighed.

Die überschüssigen Mittel hätten zur Tilgung der Schulden verwendet werden können.

De overskydende midler kunne have været brugt til at betale gælden.

Dann hätten sie dem Chef nichts mehr geschuldet.

Så ville de ikke have skyldt chefen noget længere.

Und Gregor hätte schon viel früher eine neue Stelle annehmen können.

Og Gregor kunne have skiftet til et nyt job meget tidligere.

Aber so, wie der Vater es arrangiert hatte, war es jetzt viel besser.

Men hvordan faderen arrangerede det, var meget bedre nu.

Das Geld reichte nicht ganz zum Leben von den Zinsen.

Pengene var ikke helt nok til at leve af renterne.

Und ein Teil des Geldes musste für Notfälle zurückgelegt werden.

Og der måtte sættes nogle penge til side til nødsituationer.

Das Geld hätte nur für ein oder zwei Jahre gereicht.

Det ville kun have været penge nok til et år eller to.

Das bedeutete, dass jemand Geld verdienen musste, damit sie leben konnten.

Det betød, at nogen skulle tjene penge for at kunne leve.

Der Vater war nicht krank und er war stark genug.

Faderen var ikke syg, og han var stærk nok.

Doch er war seit mehr als fünf Jahren arbeitslos.

Men han havde været arbejdsløs i mere end fem år.

Und aufgrund seines Alters hatte er kaum noch Selbstvertrauen.

Og på grund af sin alder havde han meget lidt selvtillid tilbage.

Er hatte in letzter Zeit auch deutlich an Gewicht zugenommen.

Han havde også taget meget på i vægt på det seneste.

Sein Leben war stets mühsam und erfolglos gewesen.

Hans liv havde altid været besværligt og mislykket.

Und dies war der erste Urlaub, den er je verbracht hatte.

Og dette havde været den første ferie, han nogensinde havde haft.

Und da er nicht beschäftigt war, war er ziemlich ungeschickt geworden.

Og uden at blive holdt beskæftiget var han blevet ret klodset.

Wäre es besser, wenn die alte Mutter das Geld verdienen würde?

Ville det være bedre, hvis den gamle mor tjente pengene?

Die alte Mutter, die an Asthma litt.

Den gamle mor, der havde lidt af astma.

Die alte Mutter, die Mühe hatte, die Treppe hinaufzugehen.

Den gamle mor, der kæmpede med at gå op ad trappen.

Die alte Mutter, die ihre Zeit damit verbrachte, auf dem Sofa zu liegen.

Den gamle mor, der tilbragte sin tid liggende på sofaen.

Die alte Mutter, die es vorzog, am Fenster zu sitzen.

Den gamle mor, der foretrak at blive ved vinduet.

Damit sie bei Bedarf durchatmen konnte.

Så hun kunne få vejret, når hun havde brug for det.

Wäre es besser, wenn die jüngere Schwester das Geld verdienen würde?

Ville det være bedre, hvis den yngre søster tjente pengene?

Die Schwester, die mit siebzehn Jahren noch ein Kind war.

Søsteren, som som syttenårige stadig bare var et barn.

Die Schwester, die nur wenige, bescheidene Freuden hatte.

Søsteren, der kun havde få beskedne fornøjelser.

Die Schwester, die am liebsten Geige spielte.

Søsteren, der primært nød at spille violin.

Sie wusste, dass ihr bisheriger Lebensstil sehr beneidenswert war;

Hun vidste, at hendes tidligere levevis var meget misundelsesværdig;

Sich schick anziehen, ausschlafen, im Haushalt helfen.

Klædte sig pænt på, vågne sent op, hjælpe til i huset.

Das Gespräch drehte sich oft um die Notwendigkeit, Geld zu verdienen.

Samtalen kom ofte ind på behovet for at tjene penge.

Gregor war immer der Erste, der die Tür losließ.

Gregor var altid den første til at slippe døren.

Das Gespräch erfüllte ihn mit Scham und Trauer.

Samtalen gjorde ham ophedet af skam og sorg.

Also warf er sich auf das kühle Ledersofa.

Så kastede han sig ned i den kølende lædersofa.

Und den Rest der Nacht verbrachte er oft auf dem Sofa.

Og han tilbragte ofte resten af natten på sofaen.

Er hat nie wirklich auf dem Sofa geschlafen, auch nicht nachts.

Han sov aldrig rigtig på sofaen, og heller ikke om natten.

Oft kratzte er stundenlang an dem Leder.

Ofte kradsede han bare i læderet i timevis.

Manchmal schob er den Sessel ans Fenster.

Andre gange skubbede han lænestolen hen til vinduet.

Allein dies erforderte von seiner Seite einen erheblichen Aufwand.

Alene dette krævede en stor indsats fra hans side.

Der Sessel half ihm, auf die Fensterbank zu klettern.

Lænestolen hjalp ham med at kravle op på vindueskarmen.

Und von dort aus konnte er sich ans Fenster lehnen.

Og derfra kunne han læne sig op ad vinduet.

Er empfand dabei stets ein großes Gefühl der Freiheit.

Han plejede at føle en stor frihed ved at gøre dette.

Vielleicht suchte er nach einem alten, befreienden Gefühl.

Måske ledte han efter en gammel befriende følelse.

Doch seine Sehkraft war nicht mehr so scharf wie früher.

Men hans syn var ikke så skarpt, som det plejede at være.

Dinge in geringer Entfernung waren verschwommen und undeutlich.

Ting i en lille afstand var slørede og utydelige.

Er konnte das Krankenhaus auf der anderen Straßenseite nicht mehr sehen.

Han kunne ikke længere se hospitalet på den anden side af vejen.

Vorher hatte er den Anblick verflucht, jetzt wollte er ihn sehen.

Før havde han forbandet udsigten, nu ville han se den.

Er wusste, dass er in der ruhigen, städtischen Charlottenstraße wohnte.

Han vidste, at han boede i den stille, urbane Charlottenstrasse.

Aber vielleicht dachte er, er blicke in die Wüste.

Men han troede måske, at han kiggede ind i ørkenen.

Eine Ödnis, wo grauer Himmel und graue Erde verschmolzen.

Et ødemark, hvor grå himmel og grå jord smeltede sammen.

Zweimal bemerkte die aufmerksame Schwester, dass der Stuhl verschoben worden war.

To gange bemærkede den opmærksomme søster, at stolen havde flyttet sig.

Nachdem sie aufgeräumt hatte, schob sie den Stuhl zurück ans Fenster.

Efter at have ryddet op, skubbede hun stolen tilbage til vinduet.

Und von nun an ließ sie sogar den Fensterflügel offen.

Og fra nu af lod hun endda vinduesrammen stå åben.

Gregor wünschte sich sehr, er hätte mit seiner Schwester sprechen können.

Gregor ønskede inderligt, at han kunne have talt med sin søster.

Er wollte ihr für alles danken, was sie für ihn getan hatte.

Han ville gerne takke hende for alt, hvad hun gjorde for ham.

Dann hätte er ihre Dienste leichter toleriert.

Så ville han have tolereret deres tjenester lettere.

Doch so wie die Dinge standen, litt er darunter, dass sie ihm half.

Men som det var nu, led han under hendes hjælp.

Die Schwester versuchte natürlich, die Peinlichkeit zu überspielen.

Søsteren forsøgte selvfølgelig at sløre forlegenheden.

Und sie tat ihr Bestes, so zu tun, als ob sie sich nicht belastet fühlte.

Og hun gjorde sit bedste for at lade som om, hun ikke følte sig tynget.

Natürlich musste sie das erst einmal üben.

Det var selvfølgelig noget, hun skulle øve sig på først.

Und je mehr Zeit verging, desto besser wurde sie darin.

Og jo mere tid der gik, jo bedre blev hun til det.

Gregor erhielt jedoch auch mehr Zeit, um ihr Täuschungsmanöver zu durchschauen.

Men Gregor fik også mere tid til at se hendes facade.

Schon das Betreten seines Zimmers durch sie war für ihn eine Tortur.

Selv hendes indtræden i hans værelse var en prøvelse for ham.

Kaum war sie eingetreten, rannte sie direkt zum Fenster.

Så snart hun kom ind, løb hun direkte hen til vinduet.

Sie nahm sich nicht einmal die Zeit, die Tür zu schließen.

Hun tog sig ikke engang tid til at lukke døren.

Normalerweise ersparte sie allen den Anblick von Gregors Zimmer.

Normalt skånede hun alle for at se Gregors værelse.

Und mit hastigen Händen riss sie das Fenster auf.

Og hun rev vinduet op med hastige hænder.

Dann atmete sie wieder, als ob sie erstickt wäre.

Så trak hun vejret igen, som om hun var ved at blive kvalt.

Die einströmende Luft war kalt, und sie atmete tief durch.

Luften, der kom ind, var kold, og hun trak vejret dybt.

Dennoch blieb sie noch eine Weile am Fenster stehen.

Men ikke desto mindre blev hun ved vinduet et stykke tid.

Mit dieser Routine ängstigte sie Gregor zweimal täglich.

Hun skræmte Gregor to gange om dagen med denne rutine.

Während sie im Zimmer war, zitterte er unter dem Sofa.

Mens hun var i værelset, rystede han under sofaen.

Er wusste, dass sie ihm diese Tortur gern erspart hätte.

Han vidste, at hun gerne ville have skånet ham for prøvelsen.

Aber sie konnte nicht in dem Zimmer sein, wenn das Fenster geschlossen war.

Men hun kunne ikke være i rummet med vinduet lukket.

Einmal kam sie etwas früher.

Der var én gang, hvor hun kom lidt tidligere.

Vermutlich etwa einen Monat nach Gregors Verwandlung.

Sandsynligvis omkring en måned efter Gregors forvandling.

Sie hatte sich ein wenig an sein neues Aussehen gewöhnt.

Hun havde vænnet sig lidt til hans nye udseende.

Sie hatte also keinen Grund mehr, besonders schockiert zu sein.

Så hun havde ingen grund til at være særlig chokeret længere.

Sie fand ihn immer noch regungslos aus dem Fenster starrend vor.

Hun fandt ham stadig stirrende ud af vinduet, ubevægelig.

Er befand sich am schrecklichsten Ort, an dem er hätte sein können.

Han var på det mest forfærdelige sted, han kunne have været.

Er wäre nicht überrascht gewesen, wenn sie nicht hereingekommen wäre.

Han ville ikke have været overrasket, hvis hun ikke var kommet ind.

Er hinderte sie daran, das Fenster zu öffnen.

Hvor han forhindrede hende i at åbne vinduet.

Sie verließ schnell wieder das Zimmer und schloss die Tür.

Hun forlod hurtigt rummet igen og lukkede døren.

Ein Fremder hätte zu allen möglichen Schlussfolgerungen gelangen können.

En fremmed kunne være kommet til alle mulige konklusioner.

Vielleicht wartete er nur auf die Gelegenheit, sie zu beißen.

Måske ventede han bare på chancen for at bide hende.

Gregor versteckte sich natürlich sofort unter dem Sofa.

Gregor gemte sig selvfølgelig straks under sofaen.

Doch er musste bis Mittag warten, bis seine Schwester zurückkehrte.

Men han måtte vente til middag på, at hans søster kom tilbage.

Und sie wirkte viel unruhiger als sonst.

Og hun virkede meget mere rastløs end sit sædvanlige jeg.

Ihm wurde klar, dass der Anblick von ihm immer noch unerträglich war.

Han indså, at synet af ham stadig var uudholdeligt.

Der Anblick von ihm würde für sie weiterhin unerträglich bleiben.

Synet af ham ville forblive uudholdeligt for hende.

Sie konnte es wahrscheinlich nicht ertragen, auch nur einen Teil von ihm zu sehen.

Hun kunne sandsynligvis ikke holde ud at se nogen del af ham.

Ein kleines Teil ragte immer unter dem Sofa hervor.

En lille del stak altid ud under sofaen.

Eines Tages trug er ein Bettlaken auf dem Rücken zum Sofa.

En dag bar han et lagen på ryggen hen til sofaen.

Er wollte verhindern, dass sie irgendetwas von ihm sah.

Han ville skåne hende for at se nogen del af ham.

Er richtete das Bettlaken so aus, dass er vollständig verdeckt war.

Han lagde lagnet på, så hele ham var skjult.

Selbst wenn sie sich bückte, könnte sie ihn nicht sehen.

Selv hvis hun bøjede sig ned, ville hun ikke være i stand til at se ham.

Für Gregor dauerte die gesamte Arbeit mehr als drei Stunden.

Hele indsatsen tog Gregor mere end tre timer.

Möglicherweise hielt sie das Bettlaken für überflüssig.

Hun kunne have troet, at lagnet var unødvendigt.

Sie hätte gewusst, dass er das Bettlaken nicht wollte.

Hun ville have vidst, at han ikke ville have lagnet.

Er tat es zu ihrem Wohlbefinden und nicht für sich selbst.

Han gjorde det for hendes bekvemmeligheds skyld, og ikke for sig selv.

Und sie hätte das Bettlaken abnehmen können, wenn sie gewollt hätte.

Og hun kunne have fjernet lagnet, hvis hun ville.

Aber sie ließ das Bettlaken dort, wo Gregor es hingelegt hatte.

Men hun lod lagnet ligge, hvor Gregor havde lagt det.

Und Gregor glaubte sogar, einen dankbaren Blick erhascht zu haben.

Og Gregor troede endda, at han havde fået et taknemmeligt blik.

Er hatte das Bettlaken vorsichtig mit dem Kopf angehoben.

Han havde forsigtigt løftet lagnet op med hovedet.

Er wollte herausfinden, ob seiner Schwester die Vereinbarung gefiel.

Han ville se, om hans søster kunne lide arrangementet.

Die ersten zwei Wochen waren für die Eltern am schwierigsten.

De første to uger var de hårdeste for forældrene.

Sie brachten es nicht übers Herz, hereinzukommen und ihn zu sehen.

De kunne ikke få sig selv til at komme ind og se ham.

Er belauschte in dieser Zeit viele ihrer Gespräche.

Han overhørte mange af deres samtaler på dette tidspunkt.

Sie nahmen alles, was die Schwester tat, voll und ganz zur Kenntnis.

De anerkendte fuldt ud alt, hvad søsteren gjorde.

Auch wenn sie früher oft verärgert über sie waren.

Selvom de ofte plejede at være irriterede på hende.

Weil sie ein ziemlich nutzloses Mädchen gewesen zu sein schien.

Fordi hun havde virket som en noget ubrugelig pige.

Nun warteten sie auf der anderen Seite des Raumes.

Nu var det dem, der ventede i den anden side af rummet.

Und sie war es, die den Raum betrat, um alles zu erledigen.

Og det var hende, der gik ind i rummet for at gøre alt.

Sobald sie herauskam, wollten sie alles wissen.

Så snart hun kom ud, ville de vide alt.

Sie musste ihnen genau beschreiben, wie das Zimmer aussah.

Hun var nødt til at fortælle dem præcis, hvordan rummet så ud.

„Was hat Gregor gegessen? Wie hat er sich diesmal verhalten?"

"Hvad spiste Gregor? Hvordan opførte han sig denne gang?"

„War vielleicht eine leichte Verbesserung zu bemerken?"

"Var der måske en lille forbedring at bemærke?"

Die Mutter war übrigens tatsächlich mutiger.

Moderen var i øvrigt faktisk mere modig.

Und natürlich war es ihr eigener Sohn im Zimmer.

Og selvfølgelig var det hendes egen søn inde i rummet.

Sie wollte Gregor eigentlich schon bald besuchen.

Hun ville faktisk gerne besøge Gregor relativt snart.

Doch der Vater und die Schwester hielten sie zunächst zurück.

Men faderen og søsteren holdt hende tilbage i starten.

Sie brachten sehr rationale Argumente dafür vor, dass sie nicht gehen sollte.

De fremførte meget rationelle argumenter for, at hun ikke skulle tage afsted.

Gregor hörte ihren Argumenten sehr aufmerksam zu.

Gregor lyttede meget opmærksomt til deres argumentation.

Und er akzeptierte die Argumentation genauso wie seine Mutter.

Og han accepterede argumentet lige så meget som sin mor.

Später musste sie jedoch mit Gewalt zurückgehalten werden.

Senere måtte hun dog holdes tilbage med magt.

"Lasst mich zu Gregor hinein, er ist mein unglücklicher Sohn!"

"Lad mig komme ind til Gregor, han er min uheldige søn!"

"Verstehst du denn nicht, dass ich ihn aufsuchen muss?"

"Forstår du ikke, at jeg skal hen og se ham?"

Gregor ließ sich ebenfalls von den Argumenten seiner Mutter überzeugen.

Gregor blev også overbevist af sin mors argumenter.

Vielleicht hatte sie recht; es wäre gut, wenn sie hereinkäme.

Måske havde hun ret; det ville være godt, hvis hun kom ind.

Ihn jeden Tag zu besuchen, wäre viel zu viel.

At komme og se ham hver dag ville være alt for meget.

Aber ihn vielleicht einmal pro Woche zu sehen, könnte genügen.

Men det er nok at se ham måske en gang om ugen.
Sie versteht die Dinge vielleicht viel besser als die Schwester.
Hun forstår måske tingene meget bedre end søsteren.
Trotz all ihres Mutes war sie doch nur ein Kind.
Trods alt sit mod var hun stadig bare et barn.
Vielleicht war es kindliche Unbekümmertheit, die sie dazu veranlasste, diese Aufgabe anzunehmen.
Måske var det barnlig hensynsløshed, der fik hende til at påtage sig opgaven.
Doch Gregors Wunsch, seine Mutter wiederzusehen, ging bald in Erfüllung.
Men Gregors ønske om at se sin mor gik snart i opfyldelse.
Tagsüber hielt sich Gregor vom Fenster fern.
Om dagen holdt Gregor sig væk fra vinduet.
Dies tat er aus Rücksicht auf seine Eltern.
Dette gjorde han af hensyn til sine forældre.
Er hatte nicht viel Platz, um auf dem Boden herumzukriechen.
Han havde ikke meget plads at kravle rundt på gulvet.
Es fiel ihm schwer, nachts still zu liegen.
Han havde svært ved at ligge stille om natten.
Das Essen bereitete ihm nicht einmal mehr die geringste Freude.
At spise gav ham ikke længere den mindste glæde.
Natürlich musste er sich irgendwie ablenken.
Selvfølgelig måtte han finde en måde at distrahere sig selv på.
Um sich die Zeit zu vertreiben, kletterte er die Wände rauf und runter.
For at underholde sig selv kravlede han op og ned ad væggene.
Und er kroch auch kopfüber an der Decke entlang.
Og han kravlede også langs loftet, på hovedet.
Besonders glücklich war er, als er von der Decke hing.
Han var især glad, da han hang fra loftet.
Es war etwas völlig anderes, als auf dem Boden zu liegen.
Det var helt anderledes end at ligge på gulvet.

In dieser Position fiel ihm das Atmen deutlich leichter.

Han fandt det meget lettere at trække vejret i denne stilling.

Ein leichtes, aber angenehmes Kribbeln durchfuhr seinen Körper.

En svag, men behagelig vibration gik gennem hans krop.

Manchmal gab er sich seinem Glück sogar zu sehr hin.

Nogle gange slappede han endda for meget af i sin lykke.

Manchmal ließ er sich ablenken und ließ die Decke los.

Han blev sommetider distraheret og slap loftet.

Und zu seiner eigenen Überraschung landete er wieder auf dem Boden.

Og til sin egen overraskelse landede han tilbage på jorden.

Aber er hatte seinen Körper deutlich besser unter Kontrolle als zuvor.

Men han havde meget bedre kontrol over sin krop end før.

So verletzte er sich nun nicht mehr bei so heftigen Stürzen.

Så han kom ikke til skade af så store fald nu.

Die Schwester bemerkte sofort Gregors neue Freude.

Søsteren bemærkede straks Gregors nye nydelse.

Und dort, wo er gekrochen war, waren Klebstoffreste zu sehen.

Og der var spor af klæbemiddel, hvor han var kravlet.

Auch hier dachte die Schwester an Gregors Wohlbefinden.

Her tænkte søsteren igen på Gregors velbefindende.

Vielleicht würde er mehr Platz zum Herumkriechen begrüßen.

Måske ville han sætte pris på mere plads at kravle rundt på.

Und der Gedanke hatte sich fest in ihrem Kopf verankert.

Og ideen slog sig fast i hendes hoved.

Einige der großen Möbelstücke behinderten seine Bewegungsfreiheit.

Nogle af de store møbler forhindrede hans frie bevægelse.

Da er nicht mehr arbeitete, brauchte er den Schreibtisch nicht mehr.

Han arbejdede ikke længere, så han havde ikke brug for skrivebordet.

Und die Schachtel nahm auch mehr Platz ein als nötig. ***

Og kassen optog også mere plads end nødvendigt. ***

Die Schwester war nicht in der Lage, diese Dinge allein zu bewegen.

Søsteren var ikke i stand til at flytte disse ting alene.

Natürlich wagte sie es nicht, den Vater um Hilfe zu bitten.

Selvfølgelig turde hun ikke bede faderen om hjælp.

Das Dienstmädchen hätte ihr sicherlich auch nicht geholfen.

Stuepigen ville bestemt heller ikke have hjulpet hende.

Das neue Dienstmädchen war tatsächlich ein Jahr jünger als sie.

Den nye tjenestepige var faktisk et år yngre end hende.

Sie hatte mutig die Rolle der ehemaligen Magd übernommen.

Hun havde modigt påtaget sig rollerne som den tidligere tjenestepige.

Doch ein Privileg wollte sie unbedingt haben.

Men der var ét privilegium, hun insisterede på at have.

Sie wollte die Küche stets verschlossen halten.

Hun ville holde køkkenet låst hele tiden.

Daher blieb der Schwester nichts anderes übrig, als ihre Mutter zu fragen.

Så søsteren havde intet andet valg end at spørge sin mor.

Unter Freudenschreien kam die Mutter herbei, um zu helfen.

Med glædesråb kom moderen for at hjælpe.

Doch an der Tür zu Gregors Zimmer verstummte sie.

Men hun blev tavs ved døren til Gregors værelse.

Die Schwester überprüfte, ob im Zimmer alles in Ordnung war.

Søsteren tjekkede, om alt i rummet var i orden.

Gregor hatte das Bettlaken hastig noch straffer gezogen.

Gregor havde hastigt trukket lagnet endnu tættere.

Obwohl das Bettlaken immer noch willkürlich angeordnet aussah.

Selvom sengetøjet stadig så tilfældigt arrangeret ud.

Erst dann ließ sie ihre Mutter ins Zimmer.

Og først da lod hun sin mor komme ind i værelset.

Gregor verzichtete auch darauf, unter dem Laken
hervorzuspähen.
Gregor afstod også fra at spionere under lagnet.
**Er beschloss, diesmal auf einen Besuch bei seiner Mutter zu
verzichten.**
Han besluttede sig for at undlade at se sin mor denne gang.
**Gregor war schon froh genug, dass sie überhaupt
gekommen war.**
Gregor var glad nok for, at hun overhovedet var kommet ind.
**„Komm herein, du kannst ihn nicht sehen", sagte die
Schwester.**
"Kom indenfor, du kan ikke se ham," sagde søsteren.
Gregor nahm an, dass sie ihre Mutter an der Hand führte.
Gregor antog, at hun ledte sin mor ved hånden.
**Dann hörte er, wie die beiden schwachen Frauen die Möbel
verrückten.**
Så hørte han de to svage kvinder flytte møblerne.
**Die Schwester schien den größten Teil der Arbeit für sich zu
beanspruchen.**
Søsteren syntes at gøre krav på det meste af arbejdet selv.
Ihre Mutter befürchtete, sie würde sich überanstrengen.
Hendes mor frygtede, at hun ville overanstrenge sig.
**Doch die Schwester schenkte diesen Warnungen keine
Beachtung.**
Men søsteren gav ikke agt på disse advarsler.
**Doch auch nach fünfzehn Minuten ging es nur sehr langsam
voran.**
Men selv efter femten minutter var fremskridtet meget
langsomt.
Es war ihnen nicht gelungen, die Möbel weit zu bewegen.
De havde ikke formået at flytte møblerne særlig langt.
Langsam beschlich sie ein Gefühl der Niederlage.
De begyndte langsomt at føle en følelse af nederlag.
Die Mutter war die Erste, die die Sinnlosigkeit eingestand.
Moderen var den første til at indrømme det nytteløse.
"Vielleicht wäre es besser, die Schachtel hier zu lassen."
"Måske ville det være bedre at lade kassen stå her."

„Die Kiste ist zu schwer, als dass wir sie noch viel weiter
bewegen könnten."
"Kassen er for tung til, at vi kan flytte den meget længere."
„Und wir werden nicht fertig sein, bevor dein Vater
eintrifft."
"Og vi bliver ikke færdige, før din far kommer."
„Wenn wir die Kiste hier lassen würden, würde das seinen
Weg nur noch mehr versperren."
"At efterlade boksen her ville blokere hans vej endnu mere."
Und können wir sicher sein, dass wir ihm damit einen
Gefallen tun?
"Og kan vi være sikre på, at vi gør ham en tjeneste?"
Sie begannen zu glauben, dass das Gegenteil durchaus der
Fall sein könnte.
De begyndte at tro, at det modsatte meget vel kunne være
tilfældet.
Der Anblick der leeren Wand lastete schwer auf ihrem
Herzen.
Synet af den tomme væg tyngede hendes hjerte.
Was spricht dagegen, dass Gregor das auch so empfinden
würde?
Hvad siger du om, at Gregor ikke også ville have det sådan?
„Er hat sich bereits an die Möbel in seinem Zimmer
gewöhnt."
"Han er allerede vant til møblerne på sit værelse."
„In einem leeren Zimmer könnte er sich noch verlassener
fühlen."
"Han føler sig måske endnu mere forladt i et tomt rum."
Ihre Stimme war inzwischen fast zu einem Flüstern
gesunken.
Nu var hendes stemme næsten blevet sænket til en hvisken.
Sie wusste tatsächlich nicht, wo sich Gregor genau aufhielt.
Hun vidste faktisk ikke Gregors præcise opholdssted.
Sie wollte nicht einmal, dass er ihre Stimme hörte.
Hun ville ikke engang have, at han skulle høre lyden af
hendes stemme.
Obwohl sie sich sicher war, dass er sie nicht verstand.

Selvom hun var sikker på, at han ikke forstod hende.

„Würde es nicht so aussehen, als hätten wir ihn völlig aufgegeben?"

"Ville det ikke virke som om, vi helt har opgivet ham?"

"Wird er nicht das Gefühl haben, dass wir ihn mit der Situation allein lassen?"

"Vil han ikke føle, at vi lader ham klare sig alene?"

„Wir sollten den Raum genau so verlassen, wie er war."

"Vi burde efterlade rummet præcis som det var."

„Irgendwann wird Gregor zu uns zurückkehren, so wie er war."

"Til sidst vil Gregor komme tilbage til os, ligesom han var."

„Dann wird er feststellen, dass alles noch an seinem Platz ist."

"Så vil han opdage, at alt stadig er på sin plads."

„Und er wird die Übergangszeit viel leichter vergessen."

"Og han vil glemme mellemperioden meget lettere."

Als Gregor diese Worte hörte, begriff er etwas.

Da Gregor hørte disse ord, indså han noget.

Sein Verstand war in den letzten zwei Monaten verwirrt worden.

Hans sind var blevet forvirret i løbet af de sidste to måneder.

Der Mangel an menschlicher Interaktion hatte ihm nicht gutgetan.

Manglen på menneskelig interaktion havde ikke været god for ham.

Er brauchte das eintönige Leben im Kreise seiner Familie wirklich.

Han havde virkelig brug for det monotone liv midt i sin familie.

Warum sonst hätte er eine solch unsinnige Forderung gestellt?

Hvorfor skulle han ellers have stillet et så meningsløst krav?

Welchen Sinn sollte es denn haben, sein Zimmer zu räumen?

Hvilken mulig mening var der i at tømme sit værelse?

Das gemütliche Zimmer war mit geerbten Möbeln eingerichtet.

Det komfortable værelse møbleret med arvede møbler.

Warum sollte er diese bekannte Wärme in eine Höhle verwandeln wollen?

Hvorfor skulle han ønske at forvandle denne kendte varme til en hule?

Eine Höhle, in der er ungestört in alle Richtungen kriechen konnte.

En hule hvor han kunne kravle i alle retninger i fred.

Doch in einer Höhle vergaß er rasch seine menschliche Vergangenheit.

Men en hule hvor han hurtigt glemte sin menneskelige fortid.

Er fragte sich, ob er schon kurz davor war, alles zu vergessen.

Han måtte spekulere på, om han allerede var tæt på at glemme.

Die Stimme seiner Mutter hatte ihn aufgerüttelt und seine Erinnerung wachgerufen.

Hans mors stemme havde rystet ham, så han huskede.

Die Stimme, die er so lange nicht gehört hatte.

Den stemme, som han ikke havde hørt i så lang tid.

Nichts durfte entfernt werden; alles musste bleiben.

Intet måtte fjernes; alt skulle blive.

Die Möbel wirkten sich positiv auf seinen Zustand aus.

Møblerne havde en positiv indflydelse på hans tilstand.

Und ohne diesen Anker zur Vergangenheit konnte er nicht zurechtkommen.

Og han kunne ikke klare sig uden dette anker til fortiden.

Die Möbel hinderten ihn daran, sinnlos herumzukriechen.

Møblerne forhindrede hans sanseløse kravlen rundt.

Das war aber kein Verlust, sondern vielmehr ein großer Vorteil.

Men det var ikke et tab; snarere en stor fordel.

Leider hatte die Schwester eine ganz andere Meinung.

Desværre havde søsteren en helt anden mening.

Sie war gewissermaßen zu einer Sprecherin Gregors geworden.

Hun var på en måde blevet en talsperson for Gregor.

Natürlich war ihre Meinung nicht völlig unberechtigt.

Hendes mening var naturligvis ikke helt uberettiget.

Doch der Meinung ihrer Mutter musste hier widersprochen werden.

Men hendes mors mening måtte modsiges her.

Es war nicht nur die Kiste, die nun entfernt werden musste.

Det var ikke kun kassen, der nu skulle fjernes.

Sein Schreibtisch und der Kleiderschrank konnten ebenfalls nicht bleiben.

Hans skrivebord og garderobeskabet kunne heller ikke blive stående.

Das Einzige, was unverzichtbar war, war das Sofa.

Det eneste, der var uundværligt, var sofaen.

Sie hat diese Entscheidung nicht aus kindischem Trotz getroffen.

Hun besluttede ikke dette blot af barnlig trodsighed.

Es lag auch nicht an ihrem erst kürzlich gewonnenen Selbstvertrauen.

Det var heller ikke hendes nyligt erhvervede selvtillid.

Das neue Selbstvertrauen, das sie hatte, trieb sie an, so hart für den Sieg zu arbeiten.

Den nye selvtillid hun måtte arbejde så hårdt for at vinde.

Auch wenn niemand erwartet hatte, dass sie dazu in der Lage sein würde.

Selvom ingen havde forventet, at hun ville være i stand til det.

Gregor brauchte tatsächlich viel Platz zum Kriechen.

Gregor havde virkelig brug for meget plads at kravle på.

Die Möbel schränkten den ihm zur Verfügung stehenden Raum zusätzlich ein.

Møblerne begrænsede kun den plads, han havde til rådighed.

Sie konnte diese Dinge besser sehen als die Mutter.

Hun var i stand til at se disse ting bedre end moderen.

Aber vielleicht spielte auch ihre romantische Ader eine Rolle.

Men måske spillede hendes romantiske ånd også en rolle.
Mädchen in diesem Alter entwickeln oft eine gewisse Begeisterung.
Piger i den alder får ofte en vis entusiasme.
Und sie verspüren das Bedürfnis, ihren Willen durchzusetzen, wann immer es ihnen möglich ist.
Og de føler et behov for at få deres vilje, når de kan.
Vielleicht wollte sie ihn deshalb heimlich sabotieren.
Måske er det derfor, hun i hemmelighed ville sabotere ham.
Noch furchterregender ist er, wenn er an den Wänden entlangkriecht.
Han er endnu mere skræmmende, når han kravler på væggene.
Die Eltern trauten sich nicht mehr, das Zimmer zu betreten.
Forældrene turde ikke at gå ind i rummet mere.
Sie wäre tatsächlich die alleinige Betreuerin ihres Bruders.
Hun ville i sandhed være den eneste omsorgsperson for sin bror.
Sie ließ sich von ihrer Mutter nicht umstimmen.
Hun lod ikke sin mor overtale hende til det modsatte.
Gregors Mutter fühlte sich in dem Zimmer bereits unwohl.
Gregors mor følte sig allerede urolig i værelset.
Sie hörte bald auf zu sprechen und half ihrer Tochter erneut.
Hun holdt snart op med at tale og hjalp sin datter igen.
Mit ihren letzten Kräften entfernten sie den Kleiderschrank.
Med deres resterende kræfter fjernede de garderobeskabet.
Auf die Kommode konnte er verzichten.
Kommoden var noget, han kunne undvære.
Der Schreibtisch musste aber vorerst dort bleiben.
Men skrivebordet måtte blive for øjeblikket.
Während die Frauen weg waren, versuchte er, sich einen Überblick über den Raum zu verschaffen.
Mens kvinderne var væk, forsøgte han at vurdere rummet.
Und Gregor streckte seinen Kopf unter dem Sofa hervor.
Og Gregor stak hovedet ud under sofaen.
Er musste sehen, was er in dieser Situation tun konnte.
Han måtte se, hvad han kunne gøre ved situationen.

Aber er war so vorsichtig und rücksichtsvoll wie möglich.
Men han var så forsigtig og hensynsfuld som muligt.
Leider war es die Mutter, die zuerst zurückkehrte.
Desværre var det moderen, der vendte tilbage først.
Grete war noch dabei, den Kleiderschrank im Nebenzimmer umzustellen.
Grete var stadig i gang med at flytte garderoben i det næste værelse.
Die Mutter war den Anblick Gregors jedoch nicht gewohnt.
Men moderen var ikke vant til synet af Gregor.
Schon ein flüchtiger Blick auf ihn hätte sie krank machen können.
Selv bare et glimt af ham kunne have gjort hende syg.
Gregor eilte rückwärts zum anderen Ende des Sofas.
Gregor skyndte sig baglæns hen til den fjerneste ende af sofaen.
Aber er konnte sich nicht zurücklehnen und das Bettlaken ausbalancieren.
Men han kunne ikke bevæge sig tilbage og balancere lagnet.
Die Bewegung reichte aus, um die Aufmerksamkeit der Mutter zu erregen.
Bevægelsen var nok til at fange moderens opmærksomhed.
Sie hielt inne und verharrte einen kurzen Moment ganz still.
Hun holdt en pause og stod helt stille et kort øjeblik.
Dann drehte sie sich um und verließ das Zimmer wieder.
Så vendte hun sig om og gik ud af værelset igen.
Gregor redete sich immer wieder ein, dass nichts Ungewöhnliches passiert sei.
Gregor blev ved med at sige til sig selv, at der ikke var sket noget usædvanligt.
„Es handelt sich lediglich um ein paar Möbelstücke, die weggebracht wurden."
"Det er bare nogle møbler, der er blevet fjernet."
Doch schon bald musste er zugeben, dass ihn die Ereignisse mitgenommen hatten.
Men han måtte snart indrømme, at begivenhederne påvirkede ham.

Die Frauen hatten alles, was sie taten, auch gesagt.
Kvinderne havde sagt alt, hvad de gjorde.
Sie waren im Zimmer auf und ab gegangen.
De havde gået frem og tilbage gennem rummet.
Das Kratzen aller Möbelstücke auf dem Boden.
Skrabningen af alle møblerne på gulvet.
Er hatte das Gefühl, von allen Seiten angegriffen zu werden.
Han følte, at han blev angrebet fra alle sider.
Er zog Kopf und Beine so fest wie möglich an.
Han trak hoved og ben ind så hårdt som muligt.
Mit aller Kraft presste er seinen Körper zu Boden.
Med al sin kraft pressede han sin krop mod jorden.
Er wusste, dass er das alles nicht mehr lange aushalten konnte.
Han vidste, at han ikke kunne holde alt dette ud meget længere.
Sie räumten sein Zimmer aus und nahmen alles mit, was ihm lieb und teuer war.
De ryddede hans værelse og tog alt, hvad han elskede.
Sie hatten bereits die Kiste mit all seinen Werkzeugen mitgenommen.
De havde allerede taget kassen med alt hans værktøj.
Nun lockerten sie seinen schweren Schreibtisch vom Boden.
Nu var de ved at løsne hans tunge skrivebord fra jorden.
Der Schreibtisch, an dem er nach seiner Rückkehr von der Arbeit gearbeitet hatte.
Skrivebordet han havde arbejdet på efter at være kommet hjem fra arbejde.
Der Schreibtisch, an dem er seine Geschäftsaufgaben erledigt hatte.
Skrivebordet, han havde skrevet sine forretningsopgaver på.
Der Schreibtisch, an dem er in der Sekundarschule seine Hausaufgaben gemacht hatte.
Skrivebordet, han havde lavet sine lektier på i gymnasiet.
Ja, diesen Schreibtisch hatte er schon in der Grundschule.
Ja, han havde allerede haft dette skrivebord i folkeskolen.

Er hatte wirklich keine Zeit, sich von ihren guten Absichten zu überzeugen.

Han havde virkelig ingen tid til at bekræfte deres gode intentioner.

Obwohl er beinahe vergessen hatte, dass sie überhaupt da waren.

Selvom han næsten havde glemt, at de var der alligevel.

Weil sie vor Erschöpfung still arbeiteten.

Fordi de arbejdede lydløst på grund af udmattelse.

Sie waren zu müde, um ihre Bewegungen jetzt noch bekannt zu geben.

De var for trætte til at annoncere deres bevægelser nu.

Alles, was er hörte, waren ihre schweren Schritte auf dem Boden.

Alt, hvad han hørte, var deres tunge fodtrin på gulvet.

Genau in diesem Moment lehnten sie an der Kiste.

Lige i det øjeblik lænede de sig op ad kassen.

Und da kam Gregor unter dem Sofa hervor.

Og det var da Gregor kom ud fra under sofaen.

Er änderte viermal seine Laufrichtung.

Han ændrede den retning, han løb i, fire gange.

Er konnte sich nicht entscheiden, welcher Gegenstand zuerst gerettet werden musste.

Han kunne ikke beslutte sig for, hvilken genstand der skulle reddes først.

Plötzlich richtete sich sein Blick auf die leere Wand.

Pludselig blev hans opmærksomhed rettet mod den tomme væg.

Alles, was sie ihm hinterlassen hatten, war das Bild der Dame im Pelzmantel.

Alt, hvad de havde efterladt ham, var billedet af damen i pels.

Er kroch zu dem Bild und drückte seinen Körper an sie.

Han kravlede hen til billedet for at presse sin krop mod hende.

Und sein Körper verdeckte vollständig das Bild.

Og hans krop dækkede fuldstændigt billedet.

Das Glas stützte ihn und kühlte seinen heißen Bauch.

Glasset holdt ham oppe og trøstede hans varme mave.

Dieses Foto konnte ihm nicht mehr abgenommen werden.
Dette billede kunne ikke længere tages fra ham.
Dann wandte er den Kopf zur Wohnzimmertür.
Så vendte han hovedet mod stuedøren.
Er wollte zusehen, wie die Frauen ins Zimmer zurückkehrten.
Han ville se på, mens kvinderne vendte tilbage til værelset.
Und sie ruhten sich nicht lange aus, bevor sie wieder zurückkehrten.
Og de hvilede ikke længe, før de kom tilbage igen.
Grete hatte den Arm um ihre Mutter gelegt, um ihr beim Gehen zu helfen.
Gretes arm var om hendes mor for at hjælpe hende med at gå.
„Was sollen wir denn jetzt nehmen?", fragte Grete und blickte sich um.
"Hvad skal vi tage nu?" spurgte Grete og så sig omkring.
Genau in diesem Moment trafen sich ihre Blicke mit Gregors.
Lige i det øjeblik mødte hendes blik Gregors øjne.
Trotz des Schocks behielt sie die Fassung.
Trods chokket bevarede hun sindets nærvær.
Vermutlich nur wegen der Anwesenheit ihrer Mutter.
Sandsynligvis kun på grund af hendes mors tilstedeværelse.
Sie neigte ihr Gesicht zu ihrer Mutter und verdeckte ihr die Sicht.
Hun bøjede ansigtet mod sin mor og dækkede for synet.
Und dann sagte sie, zitternd und gedankenlos:
Og så sagde hun, selvom hun rystede og tankeløs:
"Kommt schon, sollten wir nicht zurück ins Wohnzimmer gehen?"
"Kom nu, skal vi ikke gå tilbage til stuen?"
Gregor konnte die Absichten der Schwester leicht verstehen.
Gregor kunne let forstå søsterens intentioner.
Ihre oberste Priorität war es, ihre Mutter in Sicherheit zu bringen.
Hendes første prioritet var at bringe sin mor i sikkerhed.
Aber dann wollte sie ihn von der Mauer herunterjagen.

Men så ville hun jagte ham ned fra væggen.

„Nun, sie kann es ja versuchen!", dachte Gregor bei sich.

"Jamen, hun kan da sagtens prøve!" tænkte Gregor indvendigt.

Er behielt sein Bild fest im Blick und gab es nicht her.

Han sad fast på sit billede og gav det ikke op.

Am liebsten wäre er der Schwester ins Gesicht gesprungen.

Han ville hellere være hoppet i søsterens ansigt.

Doch Gretes Worte hatten ihre Mutter noch mehr beunruhigt.

Men Gretes ord havde bekymret hendes mor endnu mere.

Sie trat beiseite, um zu sehen, was vor ihr verborgen wurde.

Hun trådte til side for at se, hvad der blev skjult for hende.

Und sie sah den braunen Fleck auf der geblümten Tapete.

Og hun så den brune plet på det blomstrede tapet.

Und sie schrie auf, noch bevor sie merkte, dass es Gregor war.

Og hun skreg, før hun overhovedet vidste, at det var Gregor.

"Oh Gott", schrie sie mit ausgestreckten Armen.

"Åh Gud," skreg hun med udstrakte arme.

Und sie sank auf die Couch, als hätte sie aufgegeben.

Og hun faldt ned på sofaen, som om hun havde givet op.

„Gregor!", rief die Schwester ihm mit erhobener Faust zu.

"Gregor!" råbte søsteren til ham med en løftet knytnæve.

Und sie warf ihm einen langen, harten und durchdringenden Blick zu.

Og hun gav ham et langt, hårdt og gennemtrængende blik.

Dies war das erste Mal, dass sie direkt mit ihm gesprochen hatte.

Dette var første gang, hun havde talt direkte til ham.

Sie rannte ins Nebenzimmer, um Riechsalz zu holen.

Hun løb ind i det næste værelse for at hente noget lugtesalt.

Sie musste ihre Mutter wieder zum Bewusstsein bringen.

Hun måtte bringe sin mor til bevidsthed igen.

Gregor wollte helfen, er konnte das Bild später aufbewahren.

Gregor ville gerne hjælpe, han kunne gemme billedet senere.

Doch er war fest an der Glasscheibe festgeklebt.

Men han havde sat sig fast i glasset.

Deshalb musste er sich mit großer Kraft losreißen.

Så han måtte rive sig løs med stor magt.

Auch er rannte in den nächsten Raum, wo sich die Schwester befand.

Han løb også ind i det næste værelse, hvor søsteren var.

Früher hätte er ihr vielleicht einen Rat geben können.

I gamle dage kunne han have givet hende et råd.

Doch nun konnte er nichts anderes tun, als tatenlos zuzusehen.

Men nu kunne han ikke gøre andet end at stå passivt og se på.

Sie durchwühlte die Schublade und öffnete verschiedene Flaschen.

Hun rodede gennem skuffen og åbnede forskellige flasker.

Und er erschreckte sie immer noch, als sie sich umdrehte.

Og han skræmte hende stadig, da hun vendte sig om.

Eine Flasche fiel zu Boden, zerbrach und splitterte.

En flaske faldt på gulvet, gik i stykker og splintredes.

Ein Glassplitter traf Gregor im Gesicht und verletzte ihn.

En glassplinter ramte Gregors ansigt og sårede ham.

Die Flasche hatte eine Art ätzende Flüssigkeit enthalten.

Flasken indeholdt en slags ætsende væske.

Und nun brannte die ätzende Flüssigkeit auf Gregors Gesicht.

Og nu brændte den ætsende væske Gregors ansigt.

Die Schwester hatte jedoch im Moment keine Zeit für Gregor.

Søsteren havde imidlertid ikke tid til Gregor lige nu.

Sie sammelte so viele Flaschen ein, wie sie tragen konnte.

Hun samlede så mange flasker op, som hun kunne.

Und sie rannte mit der Medizin zurück zu ihrer Mutter.

Og hun løb tilbage til sin mor med medicinen.

Sie schlug die Tür mit dem Fuß zu und schloss Gregor aus.

Hun smækkede døren i med foden og lukkede Gregor ude.

Nun war er von seiner möglicherweise sterbenden Mutter abgeschnitten.

Han var nu afskåret fra sin potentielt døende mor.

Wenn er die Tür öffnete, würde er die Schwester verjagen.
Hvis han åbnede døren, ville han jage søsteren væk.
Aber natürlich musste sie bleiben, um sich um die Mutter zu kümmern.
Men selvfølgelig måtte hun blive og passe på moderen.
Es gab für ihn nichts anderes zu tun, als auf sie zu warten.
Der var intet andet han kunne gøre nu end at vente på dem.
Von Selbstvorwürfen und Angst geplagt, begann er zu kriechen.
Plaget af selvbebrejdelse og angst begyndte han at kravle.
Er kroch überall hin; an Wänden, Möbeln, der Decke.
Han kravlede overalt; vægge, møbler, loftet.
Er hatte das Gefühl, als würde sich der ganze Raum um ihn drehen.
Han følte, at hele rummet drejede rundt om ham.
Schließlich fiel er, verzweifelt und schwindlig, wieder zu Boden.
Til sidst, i fortvivlelse og svimmelhed, faldt han ned igen.
Und er fiel direkt auf den großen Esstisch.
Og han faldt lige oven på det store spisebord.
Er lag eine Weile da, betäubt und unfähig sich zu bewegen.
Han tilbragte et stykke tid med at ligge der, følelsesløs og ude af stand til at bevæge sig.
Er war erschöpft von all dem, was ihm dieser Tag gebracht hatte.
Han var udmattet af alt, hvad denne dag havde bragt ham.
Es herrschte ringsum Stille, aber vielleicht war das ein gutes Zeichen.
Der var stille overalt, men det var måske et godt tegn.
Dann zerriss das Klingeln an der Haustür die Stille.
Så ringede det på døren udenfor, og stilheden brødes.
Das Dienstmädchen hatte sich natürlich in ihrer Küche eingeschlossen.
Stuepigen havde selvfølgelig låst sig inde i sit køkken.
Die Schwester war also die Einzige, die die Tür öffnen konnte.
Så søsteren var den eneste, der kunne åbne døren.

„Was ist passiert?", fragte der Vater als Erstes.

"Hvad skete der?" var det første, faderen spurgte.

Gretes Erscheinung hatte ihm wahrscheinlich alles verraten.

Gretes udseende havde sandsynligvis fortalt ham alt.

Gretes Stimme wurde beim Sprechen gedämpft und dumpf.

Gretes stemme blev dæmpet og mat, mens hun talte.

Sie muss ihr Gesicht an die Brust ihres Vaters gedrückt haben.

Hun må have presset sit ansigt mod sin fars bryst.

„Mutter war bewusstlos, aber es geht ihr jetzt besser."

"Moder var bevidstløs, men hun har det bedre nu."

„Gregor ist entkommen", fügte sie hinzu, was er auch erwartet hatte.

"Gregor er undsluppet," tilføjede hun, hvilket han havde forventet.

"Ich habe dir doch immer gesagt, dass er eines Tages ausbrechen würde."

"Jeg har altid sagt, at han ville flygte en dag."

„Aber ihr Frauen wolltet mir ja nicht zuhören, nicht wahr?"

"Men I kvinder ville ikke høre på mig, vel?"

Gregor erkannte schnell, wie sein Vater die Dinge sehen würde.

Gregor forstod hurtigt, hvordan hans far ville se tingene.

Er hatte Gretes allzu kurze Nachricht falsch interpretiert.

Han havde misfortolket Gretes alt for korte besked.

Er nahm an, Gregor habe eine Gewalttat begangen.

Han antog, at Gregor havde begået en eller anden voldshandling.

Gregor musste einen Weg finden, seinen Vater irgendwie zu besänftigen.

Gregor måtte finde en måde at formilde sin far på en eller anden måde.

Weil er keine Zeit hatte, ihm die Dinge zu erklären.

Fordi han ikke havde tid til at forklare ham tingene.

Aber er hätte die Dinge ohnehin nicht erklären können.

Men han ville alligevel ikke have været i stand til at forklare tingene.

Da flüchtete er zur Tür und drückte sich dagegen.

Så flygtede han hen til døren og pressede sig op ad den.

So konnte sein Vater ihn vom Vorzimmer aus sehen.

På den måde kunne hans far se ham fra forværelset.

Und er würde erkennen, dass er die besten Absichten hatte.

Og han ville kunne se, at han havde de bedste intentioner.

Es war nicht nötig, ihn mit einem Besen zurückzudrängen.

Der var ingen grund til at skubbe ham tilbage med en kost.

Der Vater hätte lediglich die Tür öffnen müssen.

Alt, hvad faren skulle gøre, var at åbne døren.

Doch er hatte keine Lust, solche Feinheiten zu bemerken.

Men han var ikke i humør til at bemærke sådanne finesser.

"Da bist du ja!", rief er, sobald er eingetreten war.

"Der er du!" udbrød han, så snart han kom ind.

Es war, als wäre er gleichzeitig wütend und glücklich.

Det var, som om han var vred og glad på samme tid.

Er zog den Kopf zurück und blickte zu seinem Vater auf.

Han trak hovedet tilbage og kiggede op på faderen.

Er hatte sich seinen Vater nicht so vorgestellt.

Han havde ikke forestillet sig sin far stå sådan der.

Doch in letzter Zeit hatte er eine neue Ablenkung gefunden.

Men han havde i den seneste tid fundet en ny distraktion.

Das Herumkriechen nahm nun einen großen Teil seines Tages ein.

Det at kravle rundt optog nu en stor del af hans dag.

Zuvor hatte er alle Neuigkeiten in der Wohnung im Blick behalten.

Før holdt han styr på alle nyheder i lejligheden.

Aber in letzter Zeit hatte er nicht mehr so genau darauf geachtet.

Men han havde ikke været så opmærksom på det på det seneste.

Er hätte auf Veränderungen vorbereitet sein müssen.

Han burde have været forberedt på at møde forandringer.

Aber war dieser Mann vor ihm noch der Vater?

Ikke desto mindre, var denne mand før ham stadig faderen?

War er noch derselbe Mann, der früher müde in seinem Bett lag?

Var han den samme mand, der plejede at ligge træt i sin seng?

Als Gregor bereits auf Geschäftsreise war.

Da Gregor allerede var taget på forretningsrejse.

War er derselbe Mann, der ihn abends begrüßte?

Var han den samme mand, der hilste på ham om aftenen?

Als er in seinem Morgenmantel in seinem Sessel saß.

Da han sad i sin morgenkåbe i sin lænestol.

War er derselbe Mann, der nicht aufstehen konnte, um ihn zu begrüßen?

Var han den samme mand, der ikke kunne rejse sig for at byde ham velkommen?

So blieb er sitzen und hob freudig den Arm.

Så han blev siddende og løftede armen som et tegn på glæde.

War er derselbe Mann, mit dem er gelegentlich spazieren ging?

Var han den samme mand, som han gik ture med af og til?

In seltenen Fällen: an einigen Sonntagen im Jahr oder an Feiertagen.

I sjældne tilfælde: et par søndage om året eller helligdage.

War er derselbe Mann, der in seinen Mantel gehüllt herüberkam?

Var han den samme mand, der gik, svøbt i sin overfrakke?

Musste er sich langsam zwischen Mutter und ihm vorwärtsarbeiten?

Fødte han langsomt fremad, mellem moderen og ham?

Und sie gingen seinetwegen bereits langsam.

Og de gik allerede langsomt på grund af ham.

Doch nun stand dieser Mann stark und aufrecht.

Men nu stod denne mand stærk og rank.

Er trug eine blaue Uniform mit goldenen Knöpfen.

Han var klædt i en blå uniform med guldknapper.

Knöpfe, die die Angestellten der Bankinstitute tragen.

Knapper som bankernes ansatte bærer.

Über dem steifen Kragen trat sein markantes Doppelkinn hervor.

Over den stive krave trådte hans stærke dobbelthage frem.
Unter seinen buschigen Augenbrauen blickten seine schwarzen Augen hervor.
Under hans buskede øjenbryn tittede hans sorte øjne ud.
Seine Augen wirkten nun durchdringend, frisch und aufmerksam.
Nu virkede hans øjne gennemtrængende, friske og årvågne.
Das zuvor zerzauste weiße Haar wurde glatt gekämmt.
Det tidligere ujævne hvide hår blev redt ned.
Und sein Haar hatte nun einen sorgfältigen Mittelscheitel.
Og hans hår havde nu en omhyggelig midterskilning.
Er warf seinen Hut weg, der mit einem goldenen Monogramm verziert war.
Han kastede sin hat, som var fastgjort med et guldmonogram.
Es handelte sich wahrscheinlich um das Monogramm der Bank, für die er arbeitete.
Det var sandsynligvis monogrammet for den bank, han arbejdede for.
Und der Hut landete auf dem Sofa, um später weggeräumt zu werden.
Og hatten landede på sofaen for at blive lagt væk senere.
Er schob den Saum der langen Uniformjacke zurück.
Han skubbede bunden af den lange uniformjakke tilbage.
Und er steckte seine Daumen in die Hosentaschen.
Og han stak tommelfingrene i lommerne på sine bukser.
Und dann ging er mit finsterer Miene auf Gregor zu.
Og så gik han med et dystert ansigt hen imod Gregor.
Er wusste wahrscheinlich selbst noch nicht, was er vorhatte.
Han vidste sikkert slet ikke, hvad han havde tænkt sig at gøre.
Dennoch hob er die Füße ungewöhnlich hoch.
Men ikke desto mindre løftede han fødderne usædvanligt højt.
Gregor staunte über die enorme Größe seiner Stiefel.
Gregor var forbløffet over sine støvlers enorme størrelse.
Doch dafür blieb wirklich keine Zeit, seine Schuhe zu bewundern.
Men der var virkelig ingen tid til at beundre hans sko.

Der Vater hatte sich für eine sehr strenge Disziplin entschieden.

Faderen havde besluttet sig for meget streng disciplin.

Für Gregor war nur die größtmögliche Strenge angemessen.

Kun den største strenghed var passende for Gregor.

Das wusste er vom ersten Tag seiner Verwandlung an.

Han vidste dette fra den første dag af sin forvandling.

Er rannte zu seinem Vater und blieb stehen, als dieser stehen blieb.

Han løb hen til sin far og stoppede, da han stoppede.

Als er sich wieder bewegte, huschte er erneut auf ihn zu.

Han pilede hen imod ham igen, da han bevægede sig igen.

Der Vater hielt einen Moment inne, und Gregor tat es ihm gleich.

Faderen tav et øjeblik, og det gjorde Gregor også.

Und sobald sich sein Vater bewegte, stürmte er wieder vorwärts.

Og han skyndte sig frem igen, så snart hans far bevægede sig.

Auf diese Weise gingen sie mehrmals im Kreis um den Raum.

På denne måde gik de flere gange rundt i rummet.

Bislang hatte noch niemand einen entscheidenden Vorteil errungen.

Ingen havde endnu opnået nogen afgørende fordel.

Man konnte nicht den Eindruck einer Verfolgungsjagd gewinnen.

Man kunne ikke have fået indtryk af en jagt.

Weil das ganze Geschehen viel zu langsam vonstatten ging.

Fordi hele begivenheden foregik alt for langsomt.

Gregor hatte beschlossen, am Boden zu bleiben.

Gregor havde besluttet, at han ville blive på jorden.

Er hätte die Wände hoch und an der Decke entlanglaufen können.

Han kunne have løbet op ad væggene og langs loftet.

Er wollte den Vater aber nicht unnötig provozieren.

Men han ville ikke provokere faderen unødigt.

Eine solche Flucht hätte besonders verwerflich erscheinen können.

En sådan flugt kunne have virket særlig ondskabsfuld.

Gregor räumte ein, dass diese Jagd nicht mehr lange dauern könne.

Gregor indrømmede, at denne jagt ikke kunne vare meget længere.

Jeder Schritt erforderte eine Vielzahl von Bewegungen.

Hvert skridt måtte imødegås med et utal af bevægelser.

Er begann bereits Atemnot zu verspüren.

Han var allerede begyndt at føle åndenød.

Schon vorher hatte er nie absolut zuverlässige Lungen gehabt.

Selv før havde han aldrig helt pålidelige lunger.

Er taumelte dahin und sparte seine Kräfte für den Lauf.

Han vaklede afsted og gemte sine kræfter til løbet.

Er war so müde, dass er die Augen kaum noch offen halten konnte.

Han var så træt, at han næsten ikke kunne holde øjnene åbne.

Seine Gedanken verlangsamten sich zu sehr, um an andere Fluchtmöglichkeiten zu denken.

Hans tanker blev for langsomme til at tænke på andre flugtmuligheder.

Er hatte fast vergessen, dass ihm die Wände zur Verfügung standen.

Han havde næsten glemt, at væggene var tilgængelige for ham.

Die Wände waren aber ohnehin hinter Möbeln verborgen.

Men væggene var alligevel skjult bag møbler.

Und die Möbel wiesen zu viele Kerben und Vorsprünge auf.

Og møblerne havde for mange hak og fremspring.

Und dann, direkt neben ihm, rollte ein Apfel.

Og så, lige ved siden af ham, rullende, lå der et æble.

Ihm wurde klar, dass der Apfel nach ihm geworfen worden sein musste.

Æblet måtte være blevet kastet efter ham, indså han.

Doch er hatte keine Zeit zum Nachdenken, da kam schon der nächste Apfel.

Men han havde ikke tid til at tænke, før der kom et nyt æble.

Gregor erstarrte vor Schreck über die neue Strategie seines Vaters.

Gregor frøs til af chok over farens nye strategi.

Er konnte durch einen Fluchtversuch nichts mehr gewinnen.

Han kunne ikke længere få noget ud af at forsøge at løbe.

Der Vater hatte beschlossen, ihn mit Früchten zu überhäufen.

Faderen havde besluttet at bombardere ham med frugt.

Er hatte sich die Taschen mit Obst aus der Küchenschale gefüllt.

Han havde fyldt sine lommer fra køkkenets frugtskål.

Ohne besonders darauf zu zielen, warf er Apfel um Apfel.

Uden at sigte særligt kastede han æble efter æble.

Diese kleinen roten Äpfel rollten auf dem Boden herum.

Disse små røde æbler rullede rundt på jorden.

Wie von einem Stromschlag getroffen, stießen die Äpfel aneinander.

Som om de var elektrificerede, stødte æblerne ind i hinanden.

Einer der schwach geworfenen Äpfel streifte Gregors Rücken.

Et af de svagt kastede æbler strejfede Gregors ryg.

Zum Glück für ihn rutschte der Apfel harmlos herunter.

Heldigvis for ham gled æblet harmløst af.

Der anschließend geworfene Apfel traf jedoch genauer.

Æblet, der blev kastet bagefter, var dog mere præcist.

Und dieser Apfel blieb tief in Gregors Rücken stecken.

Og dette æble satte sig dybt fast i Gregors ryg.

Gregor wollte sich vor dem Schmerz davonreißen.

Gregor ville trække sig væk fra smerten.

Vielleicht ließe sich diesem neuen, unvorstellbaren Schmerz entkommen.

Måske kunne denne nye, ufattelige smerte undslippes.

Vielleicht würde ein Ortswechsel seine Qualen lindern.

Måske ville et skifte af placering lindre hans smerte.

Aber er fühlte sich, als wäre er am Boden festgenagelt.
Men han følte sig, som om han var blevet naglet ned til gulvet.
Er streckte sich aus, aber nur aufgrund seiner Verwirrung.
Han strakte sig ud, men kun på grund af sin forvirring.
Erst mit seinem letzten Blick sah er, wie sich die Tür öffnete.
Først med sit sidste blik så han døren åbne sig.
Die Mutter stürzte vor die schreiende Schwester hinaus.
Moderen skyndte sig ud foran den skrigende søster.
Die Schwester hatte sie ausgezogen, sodass sie nur noch ihr Hemd trug.
Søsteren havde klædt hende af, så hun havde sin skjorte på.
Sie hatte in ihrer Bewusstlosigkeit Freiraum gebraucht.
Hun havde haft brug for et pusterum i sin bevidstløshed.
Er sah noch, wie die Mutter auf den Vater zulief.
Han så stadig, hvordan moderen løb hen imod faderen.
Ihre Röcke rutschten einer nach dem anderen zu Boden.
Hendes nederdele gled ned på jorden, den ene efter den anden.
Er sah, wie sie auf den Vater zuging und über ihren Rock stolperte.
Han så hende nærme sig faderen og snuble i sin nederdel.
Sie umarmte ihn und bat darum, Gregors Leben zu verschonen.
Hun omfavnede ham og bad om, at Gregors liv måtte skånes.
In völliger Einheit mit seinem Körper versagte auch sein Augenlicht.
I fuldstændig forening med sin krop svigtede hans syn.

Teil Drei
Del tre

Gregor litt über einen Monat lang unter der schweren Verletzung.
Gregor led den alvorlige skade i over en måned.
Der Apfel steckte fest; niemand wagte es, ihn zu entfernen.
Æblet forblev indlejret; ingen turde fjerne det.
Der Apfel blieb als sichtbare Erinnerung in seinem Fleisch zurück.
Æblet forblev i hans kød som en synlig påmindelse.
Der Apfel diente dem Vater aber auch als Erinnerung.
Men æblet tjente også som en påmindelse til faderen.
Ihm wurde klar, dass Gregor nicht wie ein Feind behandelt werden sollte.
Han indså, at Gregor ikke burde behandles som en fjende.
Im Moment mag sein Erscheinungsbild traurig und abstoßend wirken.
I øjeblikket kan hans udseende være trist og modbydeligt.
Aber dennoch war er ein Mitglied ihrer Familie.
Men ikke desto mindre var han stadig et medlem af deres familie.
Der Widerwille musste überwunden und toleriert werden.
Modviljen måtte sluges og tolereres.
Aufgrund seiner Verletzung könnte seine Beweglichkeit für immer verloren sein.
På grund af hans sår kan hans førlighed meget vel være tabt for altid.
Er kroch immer noch in seinem Zimmer herum, aber viel langsamer.
Han kravlede stadig rundt på sit værelse, men meget langsommere.
Kriechen in irgendeiner Höhe war völlig ausgeschlossen.
At kravle i nogen form for højde var udelukket.
Gregor erhielt jedoch eine Form der Entschädigung.
Men Gregor modtog en eller anden form for kompensation.
Am Abend wurde ihm die Wohnzimmertür geöffnet.

Om aftenen blev stuedøren åbnet for ham.

Und er war der Ansicht, dass diese Wiedergutmachungszahlungen vollkommen angemessen seien.

Og han mente, at disse erstatninger var fuldt ud tilstrækkelige.

Noch vor Einbruch der Dunkelheit begann er, die Tür zu beobachten.

Allerede inden aftenen var han begyndt at holde øje med døren.

Er lag in der Dunkelheit, vom Wohnzimmer aus unsichtbar.

Han lå i mørket, usynlig fra stuen.

Er konnte die ganze Familie an dem beleuchteten Tisch sehen.

Han kunne se hele familien ved det oplyste bord.

Nun durfte er ihren Gesprächen zuhören.

Han fik nu lov til at lytte til deres samtaler.

Dies unterschied sich deutlich von ihrer vorherigen Vereinbarung.

Dette var helt anderledes end deres tidligere ordning.

Die lebhaften Gespräche vergangener Zeiten waren verstummt.

De livlige samtaler fra tidligere tider var forbi.

Das waren die Gespräche, nach denen er sich immer gesehnt hatte.

Det var de samtaler, han plejede at længtes efter.

Als er allein in kleinen Hotelzimmern schlief.

Da han sov alene på små hotelværelser.

Als er sich in die feuchte Bettwäsche werfen musste.

Da han måtte kaste sig i det fugtige sengetøj.

Die Abende verliefen nun meist ruhig und ereignislos.

Men aftenerne var nu for det meste stille og begivenhedsløse.

Der Vater schlief nach dem Abendessen in seinem Sessel ein.

Faderen faldt i søvn i sin lænestol efter aftensmaden.

Und Mutter und Schwester ermahnten einander zur Stille.

Og moderen og søsteren opfordrede hinanden til at tie stille.

Die Mutter beugte sich weit über die Lampe und nähte Leinen.

Moderen, lænet langt over lyset, syede linned.

Sie entwirft jetzt Kleider für eines der Modegeschäfte.

Hun syede nu kjoler til en af modebutikkerne.

Wie Gregor hatte auch die Schwester eine Stelle als Verkäuferin angenommen.

Ligesom Gregor havde søsteren taget et job som ekspeditrice.

Sie lernte abends Stenografie und Französisch.

Hun lærte stenografi og fransk om aftenen.

Damit sie später vielleicht eine bessere Arbeitsstelle bekommen könnte.

Så hun måske kunne få et bedre job senere.

Manchmal wachte der Vater von seinem abendlichen Nickerchen auf.

Nogle gange vågnede faren fra sine aftenlurer.

"Liebling, du nähst heute schon so lange!"

"Skat, du har allerede syet så længe i dag!"

Er schien vergessen zu haben, dass er geschlafen hatte.

Han syntes at have glemt, at han havde sovet.

Doch er fiel sofort wieder in seinen Schlaf zurück.

Men han faldt straks i søvn igen.

Und Mutter und Schwester lächelten einander müde an.

Og moderen og søsteren smilede træt til hinanden.

Der Vater hatte eine seltsame neue Sturheit entwickelt.

Faderen havde udviklet en mærkelig ny stædighed.

Selbst zu Hause weigerte er sich, seine Dieneruniform auszuziehen.

Selv hjemme nægtede han at tage sin tjeneruniform af.

Und sein Morgenmantel hing nutzlos am Kleiderbügel.

Og hans morgenkåbe hang ubrugeligt på bøjlen.

So schlief der Vater, vollständig bekleidet, in seinem Sessel.

Så sov faderen, fuldt påklædt, i sin lænestol.

Es war, als ob er immer bereit wäre, seinen Dienst zu leisten.

Det var, som om han altid var klar til at gøre sin tjeneste.

Als ob er nur auf die Stimme seines Vorgesetzten gewartet hätte.

Som om han bare ventede på sin overordnedes stemme.

Dies führte dazu, dass seine Uniform an Sauberkeit verlor.

Dette resulterede i, at hans uniform mistede sin renlighed.

Obwohl die Uniform auch nicht neu war, als er sie bekam.

Selvom uniformen heller ikke var ny, da han fik den.

Und die Mutter tat ihr Bestes, um die Uniform zu pflegen.

Og moderen gjorde sit bedste for at passe på uniformen.

Gregor verbrachte ganze Abende damit, diese Uniform anzusehen.

Gregor tilbragte hele aftener med at se på denne uniform.

Er beobachtete, wie der alte Mann äußerst unbequem schlief.

Han så på, mens den gamle mand sov meget ubehageligt.

Doch im Schlaf bemerkte er auch etwas Friedliches.

Men i søvne bemærkede han også noget fredeligt.

Als die Uhr zehn schlug, versuchte die Mutter, ihn zu wecken.

Da klokken slog ti, forsøgte moderen at vække ham.

Sie sprach leise und überredete ihn, ins Bett zu gehen.

Hun talte stille og overtalte ham til at gå i seng.

Denn auf dem Sessel zu schlafen war kein richtiger Schlaf.

Fordi det at sove på lænestolen ikke var rigtig søvn.

Er musste um sechs Uhr mit der Arbeit beginnen.

Han skulle begynde at arbejde klokken seks.

Deshalb musste er unbedingt so gut wie möglich schlafen.

Så han havde virkelig brug for at få den bedst mulige søvn.

Doch er war von einer neuen Form der Sturheit ergriffen.

Men han var blevet grebet af en ny form for stædighed.

Die Tatsache, dass er Diener geworden war, hatte begonnen, diese Wirkung auf ihn zu haben.

Det at blive tjener var begyndt at have denne effekt på ham.

Deshalb bestand er immer darauf, länger am Tisch zu bleiben.

Så insisterede han altid på at blive længere ved bordet.

Obwohl er regelmäßig wieder in seinem Sessel einschlief.

Selvom han regelmæssigt faldt i søvn i sin stol igen.

Und er ließ sich nur mit größter Mühe bewegen.

Og han kunne kun flyttes med den største vanskelighed.
Man musste ihm erklären, dass das Bett besser für ihn wäre.
Han måtte få at vide, at sengen ville være bedre for ham.
Mutter und Schwester mussten nachdrücklich darauf bestehen, oft mit nur wenigen Vorwarnungen.
Mor og søster måtte insistere med få advarsler.
Fünfzehn Minuten lang schüttelte er nur langsam den Kopf.
I femten minutter rystede han kun langsomt på hovedet.
Und er hielt die Augen geschlossen und weigerte sich aufzustehen.
Og han holdt øjnene lukkede og nægtede at rejse sig.
Die Mutter zupfte sanft, aber bestimmt an seinem Ärmel.
Moderen trak blidt, men bestemt i hans ærme.
Und sie flüsterte ihm schmeichelhafte Worte in seine müden Ohren.
Og hun hviskede smigrende ord i hans trætte ører.
Die Schwester unterbrach ihre Arbeit, um ihrer Mutter zu helfen.
Søsteren forlod den opgave, hun var på, for at hjælpe sin mor.
Doch keiner ihrer Versuche zeigte Wirkung beim Vater.
Men ikke én af deres anstrengelser virkede på faderen.
Er sank noch tiefer in seinen Stuhl, bereit zum Schlafen.
Han sank endnu dybere ned i stolen, klar til at sove.
Und schließlich packten ihn die Frauen unter den Achseln.
Og til sidst greb kvinderne ham under armhulerne.
Er öffnete die Augen und blickte sie abwechselnd an.
Han åbnede øjnene og kiggede på dem på skift.
„Was für ein Leben!", klagte er beim Zubettgehen.
"Hvilket liv det her er," klagede han, mens han gik i seng.
"Ist das der Frieden, der mir im Alter zuteilwurde?"
"Er det den fred, jeg har fået i min alderdom?"
Doch dann stützte er sich auf die beiden Frauen und stand unbeholfen auf.
Men så, lænet op ad de to kvinder, rejste han sig akavet.
Er tat so, als trüge er die schwerste Last.
Han opførte sig, som om han bar den tungeste byrde.

Er ließ sich von den beiden Frauen bis ans andere Ende des Raumes führen.

Han lod de to kvinder føre ham til enden af rummet.

Dort wünschte er ihnen eine gute Nacht und ging dann allein weiter.

Der sagde han godnat til dem og fortsatte på egen hånd.

Doch die Mutter warf hastig ihr Nähzeug hin.

Men moderen smed hurtigt sit sysæt fra sig.

Und auch die Schwester legte den Stift und den Notizblock beiseite.

Og søsteren lagde også pennen og notesblokken fra sig.

Und sie liefen hinter dem Vater her, um ihm weiter zu helfen.

Og de løb bag faderen for at hjælpe ham yderligere.

Wer in dieser überarbeiteten Familie hatte schon Zeit für Gregor?

Hvem i denne overarbejdede familie havde tid til Gregor?

Wer hätte ihm mehr Aufmerksamkeit schenken können als nötig?

Hvem kunne have givet ham mere opmærksomhed end højst nødvendigt?

Das Haushaltsbudget wurde zunehmend eingeschränkt.

Husholdningsbudgettet blev mere og mere begrænset.

Um Geld zu sparen, mussten sie schließlich das Dienstmädchen entlassen.

Til sidst måtte de afskedige stuepigen for at spare penge.

Sie wurde durch eine stämmige, weißhaarige Frau ersetzt.

Hun blev erstattet af en tykbenet, hvidhåret kvinde.

Diese Frau kam jedoch nur morgens und abends.

Men denne kvinde kom kun om morgenen og aftenen.

Und die schwerste und härteste Arbeit wurde ihr aufgehoben.

Og alt det tungeste og hårdeste arbejde blev gemt til hende.

Alle anderen Hausarbeiten wurden von der Mutter erledigt.

Alle andre pligter blev taget hånd om af moderen.

Es kam sogar vor, dass verschiedene Familienschmuckstücke verkauft wurden.

Det skete endda, at forskellige familiesmykker blev solgt.
Schmuck, den die Frauen bei Feierlichkeiten mit Freude getragen hatten.
Smykker, som kvinderne med glæde havde båret under festlighederne.
Gregor erfuhr dies in einer der allgemeinen Diskussionen.
Gregor lærte dette fra en af de generelle diskussioner.
Die größte Beschwerde betraf jedoch etwas anderes.
Den største klage var dog noget andet.
Die Wohnung war zu groß, aber sie konnten nicht ausziehen.
Lejligheden var for stor, men de kunne ikke flytte ud.
Es gab keine Möglichkeit, Gregor umzusiedeln.
Der var ingen måde, de kunne have flyttet Gregor.
Gregor erkannte jedoch, dass es nicht nur um Rücksichtnahme ging.
Men Gregor indså, at det ikke kun var hensyntagen.
Etwas anderes hielt sie davon ab, woanders hinzuziehen.
Noget andet forhindrede dem i at flytte et andet sted hen.
Er hätte problemlos in einer geeigneten Kiste transportiert werden können.
Han kunne nemt have været transporteret i en passende kasse.
Ihre Gefühle völliger Hoffnungslosigkeit hielten sie zurück.
Deres følelser af fuldstændig håbløshed holdt dem tilbage.
Sie wollten sich nicht eingestehen, dass sie vom Unglück getroffen worden waren.
De ville ikke indrømme, at ulykken havde ramt dem.
Was die Welt von armen Menschen verlangt, das haben sie erfüllt.
Hvad verden kræver af fattige mennesker, opfyldte de.
Der Vater holte dem kleinen Bankangestellten das Frühstück.
Faderen hentede morgenmad til den lille bankfunktionær.
Die Mutter opferte sich für die Wäsche von Fremden auf.
Moderen ofrede sig for fremmedes vasketøj.
Die Schwester rannte hin und her, um die Bestellungen der Kunden aufzunehmen.

Søsteren løb frem og tilbage efter kundernes bestillinger.
Aber sie hatten einfach nicht mehr die Kraft, irgendetwas weiter zu tun.
Men de havde simpelthen ikke kræfterne til at gøre mere.
Die Wunde in Gregors Rücken schmerzte nun noch mehr.
Såret i Gregors ryg begyndte at gøre endnu mere ondt.
Jeden Abend brachten Mutter und Schwester den Vater ins Bett.
Hver aften bragte mor og søster faren i seng.
Sie ließen ihre Arbeit liegen und setzten sich zusammen.
De lod deres arbejde ligge, hvor det var, og satte sig sammen.
Und sie rückten näher zusammen und saßen Wange an Wange.
Og de rykkede tættere sammen og satte sig kind mod kind.
Die Mutter zeigte auf das Zimmer, von dem aus er zusah.
Moderen pegede på rummet, hvorfra han så på.
"Würdest du die Tür schließen?", fragte sie die Schwester.
"Vil du lukke døren?" spurgte hun søsteren.
Und dann war Gregor wieder allein in der Dunkelheit.
Og så blev Gregor efterladt alene i mørket igen.
Und im Nebenzimmer vermischten die Frauen ihre Tränen.
Og i det næste værelse blandede kvinden deres tårer.
Oder sie saßen mit trockenen Augen da und starrten einfach nur auf den Tisch.
Eller de sad med tørre øjne og stirrede blot på bordet.
Gregor schlief kaum, weder nachts noch tagsüber.
Gregor sov næsten ikke, hverken nat eller dag.
Er dachte oft darüber nach, wie er der Familie helfen könnte.
Han tænkte ofte over, hvordan han kunne hjælpe familien.
Er dachte darüber nach, das Geld wieder für sie zu verdienen.
Han tænkte på at tjene pengene til dem igen.
Er dachte darüber nach, das zu tun, was er früher für sie getan hatte.
Han tænkte på at gøre det, han plejede at gøre for dem.
In seinen Gedanken erschien der Bevollmächtigte wieder.
I sine tanker kom den bemyndigede repræsentant tilbage.

Und dieses Mal kam auch der Chef in die Wohnung.
Og denne gang kom chefen også til lejligheden.
Und die Angestellten und die Lehrlinge waren auch da.
Og kontoristerne og lærlingene var der også.
Sogar der etwas begriffsstutzige Büroangestellte kam, um ihn zu sehen.
Selv den langsomme kontortjener kom for at se ham.
Es waren zwei oder drei Freunde aus anderen Branchen dabei.
Der var to eller tre venner fra andre forretninger.
Eine der Zimmermädchen aus einem Hotel in der Provinz.
En af stuepigerne fra et hotel i provinsen.
Eine kostbare und flüchtige Erinnerung, an der er festzuhalten versuchte.
Et kært og flygtigt minde, han forsøgte at holde fast i.
Eine Kassiererin aus einem Hutgeschäft, für die er Absichten hatte.
En kassedame fra en hattebutik, som han havde intentioner for.
Doch er war etwas zu langsam gewesen, um ihre Zustimmung zu gewinnen.
Men han havde været lidt for langsom til at vinde hendes godkendelse.
Sie alle tauchten in seinen Gedanken auf, vermischt mit Fremden.
De dukkede alle op i hans tanker, blandet med fremmede.
Und andere erschienen nicht; sie waren bereits vergessen.
Og andre dukkede ikke op; de var allerede glemt.
Aber sie halfen weder ihm noch seiner Familie.
Men de hjalp ham ikke, og de hjalp heller ikke familien.
Sie waren unzugänglich, und er war froh, als sie weg waren.
De var utilgængelige, og han var glad, da de forsvandt.
Er war nicht immer in der Stimmung, sich Sorgen um die Familie zu machen.
Han var ikke altid i humør til at bekymre sig om familien.
Und er war voller Wut über die mangelnde Aufmerksamkeit.

Og han var fyldt med raseri over manglen på opmærksomhed.

Und er konnte sich nichts vorstellen, worauf er Appetit hätte.

Og han kunne ikke forestille sig noget, han havde appetit på.

Doch er schmiedete trotzdem Pläne, in die Speisekammer einzubrechen.

Men han lagde stadig planer om at bryde ind i spisekammeret.

Und er würde sich alles nehmen, was ihm zustand.

Og han ville tage alt, hvad han fortjente.

Die Schwester bemühte sich nicht mehr besonders um ihn.

Søsteren gjorde ikke længere nogen særlig indsats for ham.

Sie verschwendete keine Zeit mehr damit, darüber nachzudenken, wie sie ihm gefallen könnte.

Hun brugte ikke længere tid på at tænke på at behage ham.

Vor der Arbeit schob sie schnell etwas zu essen ins Zimmer.

Før arbejde skubbede hun hurtigt noget mad ind i værelset.

Und am Abend kehrte sie die Essensreste schnell wieder zusammen.

Og om aftenen fejede hun hurtigt maden op igen.

Ob er gegessen hatte oder nicht, bemerkte sie nicht mehr.

Om han havde spist eller ej, lagde hun ikke mærke til det længere.

In den meisten Fällen blieb das Essen nun unberührt.

Oftere end ikke nu blev maden ladt urørt.

Abends huschte sie immer noch schnell durch den Raum.

Hun fejede stadig hurtigt gennem rummet om aftenen.

Doch nun tat sie nur das Nötigste, und zwar so schnell wie möglich.

Men nu gjorde hun det absolut minimale, så hurtigt som muligt.

An den Mauern zogen sich Spuren von Schmutz entlang.

Der løb striber af snavs langs væggene.

Auf dem Boden lagen Staub- und Müllklumpen.

Kugler af støv og affald blev efterladt på gulvet.

Gregor missbilligte ihre Nachlässigkeit.

Gregor viste sin misbilligelse over hendes manglende omsorg.

Er drehte sich in einem besonders markanten Winkel.

Han drejede sig i en særlig markant vinkel.

Aber er hätte wochenlang in dieser Position bleiben können.

Men han kunne have været i stillingen i ugevis.

Seine Schwester hätte seine Unzufriedenheit nicht bemerkt.

Hans søster ville ikke have bemærket hans utilfredshed.

Sie sah den Dreck genauso gut wie er, wenn nicht sogar besser.

Hun så snavset lige så godt som ham, hvis ikke bedre.

Aber sie hatte beschlossen, den Dreck dort zu lassen, wo er war.

Men hun havde besluttet at lade snavset ligge, hvor det var.

Damals entwickelte sie eine völlig neue Sensibilität.

På det tidspunkt udviklede hun en helt ny følsomhed.

Sie hatte es sich zur Aufgabe gemacht, Gregors Zimmer zu reinigen.

Hun havde gjort rengøringen af Gregors værelse til sin opgave.

Die Familie war von ihrer freundlichen Rücksichtnahme sehr berührt.

Familien var rørt over hendes venlige betænksomhed.

Einst hatte die Mutter sein Zimmer gründlich gereinigt.

Engang havde moderen gjort hans værelse grundigt rent.

Erst nachdem sie mehrere Eimer Wasser verbraucht hatte, gelang es ihr.

Først efter at have brugt et par spande vand lykkedes det hende.

Die neu aufgetretene Feuchtigkeit im Zimmer schadete Gregor jedoch.

Den nye fugtighed i rummet skadede dog Gregor.

Und er lag breitbeinig, verbittert und regungslos auf dem Sofa.

Og han lå bred, bitter og ubevægelig på sofaen.

Doch das war nur ihre erste Strafe für ihre Hilfeleistung.

Men det var kun hendes første straf for at hjælpe.

Die Schwester bemerkte schnell die Veränderung in Gregors Zimmer.

Søsteren bemærkede hurtigt forandringen i Gregors værelse.

Und sie rannte, zutiefst beleidigt, ins Wohnzimmer.

Og hun løb ind i stuen, ekstremt fornærmet.

Ihre Mutter hob die Hände und versuchte, sie zu beschwören.

Hendes mor løftede hænderne og forsøgte at trygle hende.

Doch trotz einer aufrichtigen Erklärung brach sie in Tränen aus.

Men trods en oprigtig forklaring, brast hun i gråd.

Der Vater erschrak natürlich und fuhr aus seinem Stuhl hoch.

Faderen blev selvfølgelig forskrækket og rejst op af stolen.

Und die beiden Eltern schauten fassungslos und hilflos zu.

Og de to forældre så til, forbløffede og hjælpeløse.

Und schließlich gerieten auch ihre Gefühle in Aufruhr.

Og til sidst blev deres følelser også oprørte.

Der Vater warf der Mutter vor, was sie getan hatte.

Faderen bebrejdede moderen for, hvad hun havde gjort.

"Du hättest das Zimmer Grete zum Putzen überlassen sollen."

"Du skulle have ladet værelset stå, så Grete kunne gøre rent."

Grete schrie die Mutter an, weil sie sein Zimmer aufgeräumt hatte.

Grete skreg ad moderen, fordi hun havde gjort rent på hans værelse.

„Du darfst sein Zimmer nie wieder putzen!"

"Du må aldrig nogensinde gøre rent på hans værelse igen!"

Die Mutter versuchte, den Vater ins Schlafzimmer zu zerren.

Moderen forsøgte at slæbe faderen ind i soveværelset.

Die Schwester blieb zitternd und schluchzend im Zimmer zurück.

Søsteren blev efterladt i rummet, rystende og grædende.

Und sie hämmerte mit ihren kleinen Fäustchen auf den Tisch.

Og hun bankede i bordet med sine små næver.

Und Gregor zischte sie alle lautstark vor Wut an.

Og Gregor hvæsede højt i vrede ad dem alle.

Warum war niemand auf die Idee gekommen, ihm die Tür zu schließen?

Hvorfor havde ingen tænkt på at lukke døren for ham?

Sie hätten ihm diesen Anblick und Lärm ersparen können.

De kunne have skånet ham for dette syn og denne støj.

Die Schwester war erschöpft, als sie von der Arbeit nach Hause kam.

Søsteren var udmattet efter at være kommet hjem fra arbejde.

Und die Betreuung von Gregor bedeutete für sie noch mehr Arbeit.

Og det var endnu mere arbejde for hende at tage sig af Gregor.

Das bedeutete aber nicht, dass die Mutter es hätte tun sollen.

Men det betød ikke, at moderen burde have gjort det.

Gregor hingegen sollte nicht vernachlässigt werden.

Gregor bør derimod ikke forsømmes.

Aber jetzt hatten sie ein neues Dienstmädchen, das solche Dinge tun konnte.

Men nu havde de en ny tjenestepige, der kunne gøre den slags.

Eine ältere Witwe mit kräftigem Knochenbau.

En ældre enke med en robust knoglebygning.

Eine Statur, die ihr half, ihr schwieriges Leben zu überstehen.

En statur, der hjalp hende med at overleve sit vanskelige liv.

Sie hatte keine wirkliche Abneigung gegen Gregors Erscheinung.

Hun havde ingen egentlig aversion mod Gregors udseende.

Sie hatte versehentlich die Tür zu Gregors Zimmer geöffnet.

Hun havde ved et uheld åbnet døren til Gregors værelse.

Es geschah nicht aus besonderer Neugierde bezüglich des Zimmers.

Det var ikke af nogen særlig nysgerrighed omkring rummet.

Sie tat lediglich ihre Arbeit und öffnete dabei zufällig die Tür.

Hun gjorde bare sit arbejde, og så kom hun tilfældigvis til at åbne døren.

Gregor war natürlich völlig überrascht von ihr.

Gregor var selvfølgelig fuldstændig overrasket over hende.

Er wurde nicht verfolgt, aber er rannte hin und her.

Han blev ikke jagtet, men han løb frem og tilbage.

Und sie verschränkte einfach die Arme und sah ihm beim Krabbeln zu.

Og hun foldede bare armene og så ham kravle.

Seitdem hat sie ihm immer einen Spaltbreit die Tür geöffnet.

Siden da åbnede hun altid døren lidt for ham.

Eines Morgens schaute sie nach ihm, um zu sehen, wie es ihm ging.

En gang om morgenen kiggede hun ind for at se, hvordan han havde det.

Und am Abend sah sie nach ihm, bevor sie ging.

Og om aftenen tjekkede hun til ham, inden hun gik.

Zuerst versuchte sie auch, ihn zu sich zu rufen.

I starten prøvede hun også at kalde på ham, om han skulle komme til hende.

„Komm her, du alter Mistkäfer!", pflegte sie zu sagen.

"Kom herover, gamle gødningsbille!" plejede hun at sige.

Oder sie sagte freundlich: „Schau dir den alten Mistkäfer an!"

Eller hun sagde venligt: "se den gamle gødningsbille!".

Gregor reagierte nie darauf, wenn man so mit ihm sprach.

Gregor reagerede aldrig på at blive tiltalt på den måde.

Er blieb stehen, ohne sich zu rühren, und ignorierte sie.

Han blev der, uden at røre sig, og ignorerede hende.

„Wenn man ihr doch nur gesagt hätte, wie man ihre Arbeit richtig macht."

"Hvis bare hun var blevet fortalt, hvordan hun skulle udføre sit arbejde ordentligt."

„Anstatt mich zu belästigen, sollte sie lieber mein Zimmer aufräumen."

"I stedet for at genere mig, burde hun gøre rent på mit værelse."

Eines Morgens prasselte ein heftiger Regenguss gegen die Fenster.

Tidligt om morgenen ramte en kraftig regn vinduerne.
Vielleicht war der Regen bereits ein Zeichen für den kommenden Frühling.
Måske var regnen allerede et tegn på det kommende forår.
Das Dienstmädchen begann wieder auf diese Weise mit ihm zu sprechen.
Stuepigen begyndte at tale til ham på den måde igen.
Gregor war so verbittert, dass er sich umdrehte und ihr ins Gesicht sah.
Gregor var så forbitret, at han vendte sig om for at se på hende.
Er war langsam und gebrechlich, aber es war eine Art Angriff.
Han var langsom og svagelig, men det var en slags angreb.
Das Dienstmädchen hingegen hatte überhaupt keine Angst vor Gregor.
Stuepigen var dog slet ikke bange for Gregor.
Stattdessen hob sie einen Stuhl hoch, der in der Nähe der Tür stand.
I stedet løftede hun en stol op, der stod nær døren.
Und sie stand da, ganz ruhig, mit weit geöffnetem Mund.
Og hun stod der, roligt, med munden vidt åben.
Ihre Absichten waren klar, das konnte sogar Gregor erkennen.
Hendes intentioner var klare, selv Gregor kunne se det.
Und er drehte sich langsam um und kehrte zu seinem ursprünglichen Platz zurück.
Og han vendte sig langsomt om til sin oprindelige position.
"Sie wollen also nicht näher kommen, oder?"
"Så du vil vel ikke komme tættere på?"
Und sie stellte den Stuhl leise wieder in die Ecke.
Og hun satte stille stolen tilbage i hjørnet.

Gregor aß kaum noch etwas.
Gregor spiste næsten ingenting længere.
Manchmal blieb er bei seinen Rundgängen im Zimmer stehen.

Nogle gange, på sine ture rundt i rummet, stoppede han op.
Und er befand sich neben dem für ihn zubereiteten Essen.
Og han befandt sig ved siden af den mad, der var tilberedt til ham.
Er steckte sich das Essen in den Mund, aber nur, um damit zu spielen.
Han puttede maden i munden, men kun for at lege med den.
Und nicht selten spuckte er es nach ein paar Stunden wieder aus.
Og ret ofte spyttede han det ud igen efter et par timer.
Er versuchte, einen Grund für seinen Appetitverlust zu finden.
Han prøvede at finde en årsag til sin manglende appetit.
Vielleicht, weil er mit dem Zustand seines Zimmers unzufrieden war.
Måske fordi han var ked af det over sit værelses tilstand.
Aber er hatte sich mit den Veränderungen im Raum abgefunden.
Men han havde accepteret forandringerne i rummet.
In letzter Zeit hatte sich sein Zimmer in eine Art Abstellraum verwandelt.
For nylig var hans værelse blevet til en slags opbevaringsrum.
Sie hatten sich angewöhnt, Dinge dort liegen zu lassen.
De havde fået for vane at lade ting ligge der.
Und nun lagen noch viele solcher Dinge in seinem Zimmer.
Og der var nu mange sådanne ting tilbage på hans værelse.
Weil ein Zimmer der Wohnung vermietet worden war.
Fordi et værelse i lejligheden var blevet udlejet.
Drei ernsthafte Herren mieteten das Zimmer gemeinsam.
Tre alvorlige herrer lejede værelset sammen.
Gregor hat sie einmal durch einen Türspalt erblickt.
Gregor bemærkede dem engang gennem en sprække i døren.
Sie trugen Vollbärte und waren penibel gekleidet.
De havde fuldskæg og var omhyggeligt klædt.
Sie achteten penibel darauf, dass alles ordentlich blieb.
De var omhyggelige med at holde alting pænt og ryddeligt.

Ihr Hang zur Ordnung beschränkte sich nicht nur auf ihr Zimmer.

Deres insisteren på ryddelighed stoppede ikke på deres værelse.

Die gesamte Wohnung musste tadellos sauber gehalten werden.

Hele lejligheden skulle holdes perfekt ren.

Sie legten sogar noch mehr Wert auf das Aussehen der Küche.

De var endnu mere kræsne med, hvordan køkkenet så ud.

Und unnötigen Unrat konnten sie nicht dulden.

Og de kunne ikke tolerere unødvendigt rod.

Sie hatten auch ihre eigenen Möbel mitgebracht.

De havde også medbragt deres egne møbler.

Aus diesem Grund waren viele Dinge überflüssig geworden.

Af denne grund var mange ting blevet overflødige.

Das waren Dinge, für die niemand Geld bezahlen würde.

Det var ting, som ingen ville betale penge for.

Die Familie wollte diese Dinge aber auch nicht wegwerfen.

Men familien ønskede heller ikke at kassere disse ting.

All diese Dinge landeten irgendwo in Gregors Zimmer.

Alle disse ting gik et sted ind på Gregors værelse.

Der Aschenbecher aus der Küche stand nun in seinem Zimmer.

Askekassen fra køkkenet blev nu opbevaret på hans værelse.

Und der Müll wurde bis zum Abholtag in seinem Zimmer aufbewahrt.

Og skraldet blev opbevaret på hans værelse indtil skraldedagen.

Das Dienstmädchen warf alles, was sie nicht brauchte, in sein Zimmer.

Stuepigen smed alt, hvad hun ikke havde brug for, ind på hans værelse.

Zum Glück sah er nichts weiter als die Hand und den Gegenstand.

Heldigvis så han ikke mere end hånden og genstanden.

Sie hatte wahrscheinlich vor, die Sachen später abzuholen.

Hun havde sikkert tænkt sig at komme tilbage efter tingene senere.

Oder vielleicht wollte sie einfach alles auf einmal wegwerfen.

Eller måske ville hun smide alt væk på én gang.

Doch alles blieb dort, wo es ursprünglich gelandet war.

Alt forblev dog, hvor det først var landet.

Es sei denn, Gregor bewegte den Schrott, indem er sich hindurchzwängte.

Medmindre Gregor flyttede skrammelet ved at vrikke sig igennem det.

Zuerst musste er sich durch den ganzen Schrott hindurchkriechen.

Først var han tvunget til at kravle gennem alt skrammelet.

Es gab für ihn keine Möglichkeit, dies zu vermeiden.

Der var ingen mulighed for ham at undgå at gøre det.

Später fand er jedoch tatsächlich Freude an dieser Tätigkeit.

Men senere fandt han faktisk glæde i denne aktivitet.

Diese Anstrengung hinterließ ihn jedoch traurig und zutiefst erschöpft.

Selvom en sådan indsats efterlod ham trist og dybt træt.

Und danach war er viele Stunden lang bewegungsunfähig.

Og bagefter var han ude af stand til at bevæge sig i mange timer.

Die Untermieter aßen manchmal im Wohnzimmer.

De logerende spiste sommetider deres måltid i stuen.

Die Wohnzimmertür blieb an diesen Abenden geschlossen.

Døren til stuen forblev lukket de aftener.

Gregor hatte aber keine Schwierigkeiten, die Tür jetzt nicht zu öffnen.

Men Gregor havde ingen problemer med ikke at åbne døren nu.

Selbst wenn die Tür offen war, schaute er nicht immer hinaus.

Selv når døren var åben, kiggede han ikke altid ud.

Doch er legte sich in die dunkelste Ecke des Zimmers.

Men han lagde sig i rummets mørkeste hjørne.

Auch der Familie fiel seine mangelnde Aufmerksamkeit nicht auf.

Familien bemærkede heller ikke hans manglende opmærksomhed.

Doch einmal ließ das Dienstmädchen die Tür offen.

Men der var én gang, hvor stuepigen lod døren stå åben.

Die Tür blieb auch dann offen, als die Mieter zurückkehrten.

Døren forblev åben, selv da lejerne vendte tilbage.

Und die Tür war offen, als das Licht eingeschaltet wurde.

Og døren var åben, da lyset blev tændt.

Der Mann saß an dem Tisch, an dem die Familie zu Abend aß.

Manden sad ved bordet, hvor familien spiste middag.

Vater, Mutter und Gregor saßen dort in früheren Zeiten.

Far, mor og Gregor sad der i tidligere tider.

Sie entfalteten die Servietten und nahmen Messer und Gabeln.

De foldede servietterne ud og tog knive og gafler.

Die Mutter erschien mit einer Schüssel Fleisch in der Tür.

Moderen dukkede op i døråbningen med en skål kød.

Dann kam die Schwester mit einer Schüssel voller Kartoffeln herein.

Så kom søsteren ind med en skål fuld af kartofler.

Die Untermieter beugten sich über die vor ihnen aufgestellten Schüsseln.

De logerende bøjede sig over skålene, der var placeret foran dem.

Der dichte Rauch des Essens stieg ihnen bis in die Nasen.

Den tunge røg fra maden dampede op til deres næser.

Aber sie hatten noch nicht entschieden, ob sie das Essen essen würden.

Men de havde ikke besluttet sig for, om de ville spise maden endnu.

Vielleicht würden sie das Essen zurück in die Küche schicken.

Måske ville de sende maden tilbage til køkkenet.

Der Mann in der Mitte schien die Autoritätsperson zu sein.

Manden, der sad i midten, virkede til at være autoriteten.

Er schnitt das Fleisch an, um festzustellen, ob es zart genug war.

Han skar kødet ud for at se, om det var mørt nok.

Er war zufrieden mit dem Geruch und Aussehen des Essens.

Han var tilfreds med, hvordan maden duftede og så ud.

Die Mutter und die Schwester hatten sie ängstlich beobachtet.

Moderen og søsteren havde ængsteligt set på dem.

Und sie begannen zu lächeln, begleitet von einem Seufzer der aufgestauten Erleichterung.

Og de begyndte at smile med et suk af opbygget lettelse.

Die Familie selbst wollte in der Küche essen.

Familien selv skulle spise i køkkenet.

Doch zuerst ging der Vater nach den Untermietern sehen.

Men først gik faderen hen for at se til de logerende.

Er verbeugte sich einmal und hielt dabei seine Arbeitsmütze in der Hand.

Han bukkede én gang og holdt sin arbejdskasket i hånden.

Und er ging einmal im Kreis um den Tisch herum, zu jedem Gast.

Og han gik en cirkel rundt om bordet, til hver gæst

Die Untermieter standen alle auf und murmelten in ihre Bärte.

De logerende rejste sig alle op og mumlede i deres skæg.

Nachdem er gegangen war, aßen sie in fast völliger Stille.

Efter han var gået, spiste de i næsten fuldstændig stilhed.

Gregor fand es seltsam, dass er Kaugeräusche hörte.

Det forekom Gregor mærkeligt, at han kunne høre tygge.

Kein anderer Aspekt des Essens schien Geräusche zu verursachen.

Intet andet aspekt af spisningen syntes at give lyd fra sig.

Aber er konnte deutlich hören, wie Zähne aufeinander knirschten.

Men han kunne tydeligt høre tænderne skære mod hinanden.

Sie schienen ihm sagen zu wollen, dass er Zähne zum Essen brauche.

De syntes at fortælle ham, at han havde brug for tænder for at spise.

"Ohne Zähne im Kiefer kann man gar nichts machen."

"Du kan ikke gøre noget, hvis dine kæber er tandløse."

„Ich möchte etwas essen", sagte Gregor ängstlich.

"Jeg vil gerne have noget at spise," sagde Gregor ængsteligt.

„Aber ich habe keinen Appetit auf das, was ihr alle esst."

"Men jeg har ingen appetit på det, I alle sammen spiser."

„Seht euch an, wie diese Mieter essen, und ich verhungere hier."

"Se, hvad disse logerende spiser, og her sidder jeg og sulter."

Gregor dachte an diesem Abend zufällig an die Geige.

Gregor kom tilfældigvis til at tænke på violinen den aften.

Er hatte die Geige seit der Verwandlung nicht mehr gehört.

Han havde ikke hørt violinen siden forvandlingen.

Doch dann, an diesem Abend, ertönte ein Geräusch aus der Küche.

Men så, i aften, kom der en lyd fra køkkenet.

Die Herren hatten ihr Abendessen bereits beendet.

Herrerne havde allerede afsluttet deres aftensmåltid.

Der mittlere Herr hatte begonnen, eine Zeitung zu lesen.

Den mellemste herre var begyndt at læse en avis.

Den beiden anderen Herren hatte er jeweils ein Blatt gegeben.

Han havde givet de to andre herrer et lagen hver.

Und nun lehnten sie sich zurück, lasen und rauchten.

Og nu lænede de sig tilbage og læste og røg.

Als die Geige zu spielen begann, wurden sie aufmerksam.

Da violinen begyndte at spille, blev de opmærksomme.

Sie standen auf und gingen auf Zehenspitzen zur Tür des Vorzimmers.

De rejste sig og gik på tæer hen til forværelsesdøren.

Hier standen sie eng beieinander und lauschten an der Tür.

Her stod de sammenkrøbet og lyttede ved døren.

Die Familie muss die Männer aus der Küche gehört haben.

Familien må have hørt mændene inde fra køkkenet.

Denn der Vater rief sie und fragte sie:

Fordi faderen kaldte på dem og spurgte dem;

"Ist die Geige für die Herren vielleicht unbequem?"

"Er violinen måske ubehagelig for herrerne?"

„Wenn Ihnen die Musik nicht gefällt, können wir sofort aufhören."

"Hvis du ikke kan lide musikken, kan vi stoppe med det samme."

„Im Gegenteil", sagte der mittlere der beiden Herren.

"Tværtimod," sagde den midterste af herrerne.

Möchte die junge Dame in unserem Zimmer Geige spielen?

"Vil den unge dame gerne spille violin på vores værelse?"

„Hier ist es definitiv viel komfortabler und gemütlicher."

"Det er helt sikkert meget mere behageligt og hyggeligt her."

Der Vater antwortete, als wäre er selbst der Geiger.

Faderen svarede, som om han selv var violinisten.

"Oh bitte, das wäre wunderbar", rief der Vater.

"Åh, tak, det ville være vidunderligt," råbte faderen.

Die Herren kehrten ins Wohnzimmer zurück und warteten.

Herrerne gik tilbage til stuen og ventede.

Bald darauf kam der Vater mit dem Notenständer ins Zimmer.

Snart kom faderen ind i værelset med nodestativet.

Die Mutter kam mit dem Notenbuch ins Zimmer.

Moderen kom ind i værelset med nodebogen.

Und die Schwester kam mit der Geige ins Zimmer.

Og søsteren kom ind i værelset med violinen.

Sie bereitete in aller Ruhe alles vor, um Geige zu spielen.

Hun forberedte roligt alt til at spille violin.

Die Eltern übertrieben ihre Höflichkeit und ihr Benehmen.

Forældrene overdrev deres høflighed og manerer.

Sie hatten zuvor noch nie Zimmer an Untermieter vermietet.

De havde aldrig udlejet værelser til logerende før.

Und sie trauten sich nicht einmal, auf ihren eigenen Stühlen zu sitzen.

Og de turde ikke engang sidde på deres egne stole.

Statt sich hinzusetzen, lehnte sich der Vater gegen die Tür.

I stedet for at sidde lænede faderen sig op ad døren.

Seine rechte Hand befand sich zwischen zwei Knöpfen seines Mantels.

Hans højre hånd var mellem to knapper på hans frakke.

Der Mutter wurde jedoch von einem Herrn ein Stuhl angeboten.

Moderen blev imidlertid tilbudt en stol af en herre.

Aber sie setzte sich an die Stelle, wo der Herr den Stuhl hingestellt hatte.

Men hun satte sig, hvor herren havde placeret stolen.

Und er hatte den Stuhl nicht an einem bestimmten Ort aufgestellt.

Og han havde ikke placeret stolen noget bestemt sted.

So saß die Mutter abseits von allen anderen in einer Ecke.

Så satte moderen sig for sig selv i et hjørne.

Und schließlich begann die Schwester Geige zu spielen.

Og endelig begyndte søsteren at spille violin.

Die Eltern auf den gegenüberliegenden Seiten beobachteten das Geschehen aufmerksam.

Forældrene, på hver sin side, fulgte nøje med.

Und sie beobachteten jede Bewegung ihrer Hand genau.

Og de holdt nøje øje med hver eneste bevægelse af hendes hånd.

Gregor war auch vom Geigenspiel fasziniert.

Gregor var også tiltrukket af violinspillet.

Und er wagte sich ein Stück weiter aus seinem Zimmer hinaus.

Og han vovede sig lidt længere ud af sit værelse.

Er hatte den Kopf schon im Wohnzimmer.

Han var allerede med hovedet inde i stuen.

Er war stets sehr stolz darauf, besonders rücksichtsvoll zu sein.

Han plejede at sætte en stor ære i at være meget hensynsfuld.

Doch in letzter Zeit hinterfragte er seine Nachlässigkeit kaum noch.

Men for nylig satte han næppe spørgsmålstegn ved sin manglende omsorg.

Auch wenn er jetzt mehr Grund hatte, sich zu verstecken als zuvor.

Selvom han havde mere grund til at gemme sig nu end før.

Weil sein Zimmer mit Staub und allerlei Schmutz bedeckt war.

Fordi hans værelse var dækket af støv og andet snavs.

Die geringste Bewegung wirbelte allerlei Schmutz auf.

Den mindste bevægelse hvirvlede alskens snavs op.

Der ganze Dreck klebte an ihm: Staub, Haare, Essensreste.

Alt dette snavs klæbede til ham; støv, hår, madrester.

Er hätte den Schmutz am Teppich abreiben können.

Han kunne have gnidet snavset af mod tæppet.

Das tat er mehrmals täglich.

Dette var noget, han plejede at gøre flere gange dagligt.

Doch seine Gleichgültigkeit gegenüber allem war viel zu groß.

Men hans ligegyldighed over for alt var alt for stor.

Deshalb hatte er keine Angst, noch ein Stück weiterzugehen.

Så han var ikke bange for at komme lidt videre.

Und er betrat den makellosen Wohnzimmerboden.

Og han gik videre til stuens pletfri gulv.

Doch niemand bemerkte ihn oder schenkte ihm Beachtung.

Dog lagde ingen mærke til ham eller gav ham nogen opmærksomhed.

Die Familie war völlig in das Konzert vertieft.

Familien var fuldstændig opslugt af koncerten.

Die Herren hingegen zogen sich zunächst zurück.

Herrerne trak sig derimod i første omgang tilbage.

Und sie standen dicht hinter dem Notenständer der Schwester.

Og de stod tæt bag søsterens nodestativ.

Wenn sie hingesehen hätten, hätten sie die Noten sehen können.

Hvis de havde kigget, kunne de have set noderne.

Dies hätte die Schwester natürlich beunruhigt.
Dette ville selvfølgelig have forstyrret søsteren.
Dann blieben sie am Fenster stehen, anstatt sich hinzusetzen.
Så stod de ved vinduet i stedet for at sidde ned.
Mit den Händen in den Taschen redeten sie weiter.
Med hænderne i lommerne fortsatte de med at tale.
Sie blieben dort, während der Vater ängstlich zusah.
De blev der, mens faderen ængsteligt så på.
Man hatte den Eindruck, dass sie andere Erwartungen hatten.
Man havde indtryk af, at de havde andre forventninger.
Und es schien wirklich so, als wären sie enttäuscht gewesen.
Og det virkede virkelig som om, de var blevet skuffede.
Es schien, als hätten sie genug von der Vorstellung.
Det virkede som om, de havde fået nok af præstationen.
Sie hatten zugelassen, dass die Geige ihren Frieden störte.
De havde ladet violinen forstyrre deres fred.
Und sie tolerierten die Musik nur aus Höflichkeit.
Og de tolererede kun musikken af høflighed.
Besonders beunruhigend war, wie sie den Rauch wegbliesen.
Måden de blæste røgen væk på var især foruroligende.
Und dennoch spielte sie so wunderschön Geige.
Og alligevel spillede hun så smukt violin.
Ihr Gesicht war leicht zur Seite geneigt, auf der Geige.
Hendes ansigt var blidt vippet til siden, på violinen.
Ihr Blick wanderte traurig die Notenlinien entlang.
Hendes øjne søgte trist langs musikken.
Gregor fühlte sich ein wenig mehr ins Wohnzimmer hineingezogen.
Gregor følte sig lidt mere trukket ind i stuen.
Er hielt den Kopf dicht am Boden, blickte aber nach oben.
Han holdt hovedet tæt på jorden, men kiggede opad.
Vielleicht würde sich so der Blick seiner Schwester mit seinem treffen.
Måske ville hans søsters blik møde ham på denne måde.

Kann man wirklich sagen, dass er nur ein Tier war?
Kan man virkelig sige, at han bare var et dyr?
War er etwa ein Tier, wenn ihn Musik so fesseln konnte?
Var han et dyr, hvis musik kunne fængsle ham så meget?
**Er hatte das Gefühl, ihm sei ein Weg zu unbekannter
Nahrung gezeigt worden.**
Han følte, at han blev vist en vej til ukendt næring.
Vielleicht war dies die Nahrung, die ihm fehlte.
Måske var det den næring, han manglede.
Er war fest entschlossen, zu seiner Schwester zu gelangen.
Han var fast besluttet på at gå hen til sin søster.
**Er wollte an ihrem Rock zupfen, um ihre Aufmerksamkeit
zu erregen.**
Han ville hive i hendes nederdel for at få hendes
opmærksomhed.
Er wollte ihr eine Art Einladung signalisieren.
Han ville give hende en indikation af en invitation.
**„Komm und spiel Geige in meinem Zimmer", wollte er
sagen.**
"Kom og spil violin på mit værelse," ville han sige.
**Er wollte, dass sie für ihre wunderschöne Musik belohnt
wird.**
Han ønskede, at hun skulle belønnes for sin smukke musik.
"Niemand hier belohnt dich dafür, dass du Geige spielst."
"Ingen her belønner dig for at spille violin."
Er wollte sie nicht mehr aus seinem Zimmer lassen.
Han ville ikke længere lukke hende ud af sit værelse.
Er wollte, dass sie so lange bei ihm blieb, wie er lebte.
Han ville have, at hun skulle blive hos ham, så længe han
levede.
Zum ersten Mal hatte seine Verwandlung einen Vorteil.
For første gang havde hans forvandling en fordel.
**Seine Missbildung würde ihm nun endlich noch von
Nutzen sein.**
Hans deformitet skulle endelig blive nyttig for ham.
Er wollte gleichzeitig an allen vier Türen sein.
Han ville være ved alle fire døre samtidigt.

Er wollte sie von allen Seiten anfauchen und anspucken.
Han havde lyst til at hvæse og spytte efter dem fra alle vinkler.
Seine Schwester sollte nicht gezwungen werden, bei ihm zu bleiben.
Hans søster burde ikke tvinges til at blive hos ham.
Er wollte, dass sie sich freiwillig dafür entschied, bei ihm zu bleiben.
Han ønskede, at hun frivilligt skulle vælge at blive hos ham.
Sie wollte sich neben ihn setzen und sich zu ihm hinunterbeugen.
Hun ville sætte sig ved siden af ham og læne sig ned til ham.
Und er wollte ihr von der Musikschule erzählen.
Og han ville fortælle hende om musikskolen.
Er hatte die feste Absicht, sie auf die Akademie zu schicken.
Han havde den faste intention at sende hende til akademiet.
Das hätte er allen schon letztes Weihnachten erzählt.
Han ville have fortalt alle om dette sidste jul.
War Weihnachten etwa schon wieder vorbei?
Var julen virkelig kommet og gået igen?
Und er hätte sich von niemandem davon abbringen lassen.
Og han ville ikke have ladet nogen afskrække ham fra det.
Doch dann setzte das Unglück allem ein Ende.
Men så satte den uheldige ulykke en stopper for alt.
Die Schwester wäre von ihren Gefühlen überwältigt gewesen.
Søsteren ville være blevet overvældet af følelser.
Und dann wäre Gregor bis auf ihre Schulter geklettert.
Og så ville Gregor være klatret op på hendes skulder.
Und er hätte sie getröstet, indem er ihren Hals geküsst hätte.
Og han ville have trøstet hende ved at kysse hendes hals.
„Herr Samsa!", rief der Mann in der Mitte dem Vater zu.
"Hr. Samsa!" råbte manden i midten til faderen.
Er zeigte mit dem Zeigefinger nach unten auf Gregor.
Han pegede med pegefingeren nedad mod Gregor.
Gregor bewegte sich langsam über den Wohnzimmerboden.
Gregor bevægede sig langsomt hen over stuegulvet.

Das Geigenspiel verstummte sehr schnell.

Violinspillet blev meget hurtigt stille.

Der mittlere der drei Männer lächelte seine Freunde an.

Den midterste af de tre mænd smilede til sine venner.

Dann schüttelte er den Kopf und blickte zurück zu Gregor.

Så rystede han på hovedet og kiggede tilbage på Gregor.

Der Vater hätte Gregor zurück in sein Zimmer schicken können.

Faderen kunne have tvunget Gregor tilbage til sit værelse.

Das war jedoch nicht die erste Maßnahme, zu der er sich entschloss.

Men det var ikke den første handling, han besluttede sig for.

Er hielt es für wichtiger, die Herren zu beruhigen.

Han mente, det var vigtigere at berolige herrerne.

Obwohl sie von Gregor eigentlich überhaupt nicht verärgert waren.

Selvom de egentlig slet ikke var kede af Gregor.

Gregor schien unterhaltsamer als das Geigenspiel.

Gregor virkede mere underholdende end violinspillet.

Er eilte mit ausgestreckten Armen auf sie zu.

Han skyndte sig hen til dem med udstrakte arme.

Er gab sein Bestes, um ihren Blick auf Gregor zu verbergen.

Han gjorde sit bedste for at skjule deres syn på Gregor.

Und er versuchte, sie zur Rückkehr in ihr Zimmer zu bewegen.

Og han prøvede at lokke dem tilbage til deres værelse.

Das hat sie eher ein wenig verärgert.

Hvis noget, gjorde det dem faktisk lidt irriterede.

Es war aber schwer zu sagen, was genau sie störte.

Men det var svært at sige præcis, hvad der irriterede dem.

Der Vater verdarb die abendliche Unterhaltung.

Faderen ødelagde aftenens underholdning.

Aber sie hatten auch gerade erst von ihrem neuen Mitbewohner erfahren.

Men de havde også lige hørt om deres nye bofælle.

Sie hoben die Hände, genau wie der Vater es getan hatte.

De løftede hænderne, ligesom faderen havde gjort.

Sie verlangten vom Vater eine sofortige Erklärung.
De krævede en øjeblikkelig forklaring fra faderen.
Sie zupften unruhig an ihren Bärten, um eine Antwort zu bekommen.
De hev rastløst i deres skæg for at finde et svar.
Und sie bewegten sich rückwärts in ihr Zimmer, aber sehr langsam.
Og de bevægede sig baglæns til deres værelse, men meget langsomt.
Die Unterbrechung hatte die Schwester in eine Trance versetzt.
Afbrydelsen havde bragt søsteren i trance.
Sie ließ Geige und Bogen an ihrer Seite herabhängen.
Hun lod violinen og buen hænge ned langs sin side.
Und sie blickte auf die Notenblätter, als ob sie immer noch spielen würde.
Og hun kiggede på noderne, som om hun stadig spillede.
Doch dann zog sie sich plötzlich wieder ins Zimmer zurück.
Men så trak hun sig pludselig tilbage ind i rummet.
Und sie hatte nun das Gefühl, verloren zu sein, überwunden.
Og nu havde hun overvundet følelsen af at være fortabt.
Sie legte das Musikinstrument auf den Schoß ihrer Mutter.
Hun lagde musikinstrumentet på sin mors skød.
Die Mutter saß schwer atmend auf dem Stuhl.
Moderen sad i stolen og trak vejret tungt.
Und dann musste die Schwester ins Nebenzimmer rennen.
Og så måtte søsteren løbe ind i det næste værelse.
Sie musste alles für die Herren vorbereiten.
Hun måtte gøre alt klar til herrerne.
Sie warf die Decken und Kissen in die Luft.
Hun kastede tæpperne og hynderne op i luften.
Und mit ihren geschickten Händen richtete sie die gesamte Bettwäsche her.
Og med sine kyndige hænder arrangerede hun alt sengetøjet.
Sie war schon fertig, bevor die Herren den Raum erreichten.
Hun var færdig, inden herrerne nåede ind i lokalet.

Und sie verschwand, bevor sie ihnen in die Quere kam.

Og hun smuttede ud, før hun kom i vejen for dem.

Der Vater schien von seiner eigenen Sturheit beherrscht zu sein.

Faderen syntes at være grebet af sin egen stædighed.

Und so vergaß er jeglichen Respekt, den er seinen Mietern schuldete.

Og således glemte han al den respekt, han skyldte sine lejere.

Er drängte und drängte, bis deren Sprecher Einspruch erhob.

Han skubbede og skubbede, indtil deres talsmand protesterede.

Als er die Tür erreichte, stampfte er wütend mit dem Fuß auf.

Han stampede vredt med foden, da han kom til døren.

Und damit brachte er den Vater zum Schweigen.

Og derved bragte han faderen til standsning.

„Hiermit erkläre ich", begann er sich an seinen Vermieter zu wenden.

"Jeg erklærer hermed," begyndte han at henvende sig til sin udlejer.

Und er hob die Hand und blickte die ganze Familie an.

Og han løftede hånden og så på hele familien.

„Hinsichtlich der widerlichen Zustände im Zimmer;"

"Med hensyn til de ulækre forhold i rummet;"

Und er sorgte dafür, dass alle seinen Worten zuhörten.

Og han sørgede for, at alle lyttede til hans ord.

"Hiermit kündige ich meinen Auszug aus meinem Zimmer."

"Jeg giver hermed besked om, at jeg forlader mit værelse."

Und er unterstrich seine Aussage zusätzlich, indem er auf den Boden spuckte.

Og han understregede yderligere sit synspunkt ved at spytte på jorden.

„Auch die Tage, die ich hier gelebt habe, werde ich nicht bezahlen."

"Jeg vil heller ikke betale for de dage, jeg har boet her."

Mit dieser Rückerstattung war er allerdings nicht ganz zufrieden.

Han var dog ikke fuldt ud tilfreds med denne refusion.

„Und ich werde erwägen, weitere Forderungen an Sie zu stellen."

"Og jeg vil overveje at fremsætte andre krav mod dig."

„Glauben Sie mir, solche Forderungen lassen sich sehr leicht rechtfertigen."

"Tro mig, sådanne krav vil være meget lette at retfærdiggøre."

Er schwieg und blickte den Vater direkt an.

Han var tavs og kiggede lige frem på faderen.

Er schien zu erwarten, dass noch etwas passieren würde.

Han syntes at forvente, at der ville ske noget mere.

Tatsächlich hatten seine beiden Freunde sofort die gleiche Idee.

Faktisk fik hans to venner straks den samme idé.

„Wir stornieren auch unsere Zimmer", sagten sie unisono.

"Vi aflyser også vores værelser," sagde de i kor.

Dann packte er den Türgriff und schloss die Tür.

Så greb han fat i dørhåndtaget og lukkede døren.

Und mit einem lauten Knall schlossen sie sich in ihrem Zimmer ein.

Og med et højt brag lukkede de sig inde på deres værelse.

Der Vater taumelte mit tastenden Händen zu seinem Stuhl.

Faderen vaklede hen til sin stol med famlende hænder.

Und er ließ sich besiegt in den Stuhl fallen.

Og han lod sig falde ned i stolen, besejret.

Es sah so aus, als ob er seinen üblichen Abendschlaf halten würde.

Det så ud som om, han gik til sin sædvanlige aftenlur.

Sein Kopf nickte jedoch fast so, als ob er nicht gestützt würde.

Men hans hoved nikkede, næsten som om det ikke var støttet.

Und man konnte sehen, dass er überhaupt nicht schlief.

Og det kunne ses, at han slet ikke sov.

Während all dem hatte Gregor sich nicht von der Stelle gerührt.

Gennem alt dette havde Gregor ikke rørt sig fra sin plads.

Er befand sich noch immer an der Stelle, wo die Herren ihn zuerst gesehen hatten.

Han var stadig der, hvor herrerne først havde set ham.

Selbst wenn er umziehen wollte, fand er es unmöglich.

Selv hvis han ville flytte, fandt han det umuligt.

Entweder aus Enttäuschung oder aus Hunger.

På grund af hans skuffelse, eller på grund af hans sult.

Er war enttäuscht über das Scheitern seines Plans.

Han var skuffet over, at hans plan var mislykkedes.

Und er war geschwächt von dem anhaltenden Hunger, den er verspürte.

Og han var svag af den langvarige sult, han følte.

Er war sich sicher, dass sich jeden Moment alle gegen ihn wenden würden.

Han var sikker på, at alle ville vende sig imod ham når som helst.

In Erwartung des unmittelbar bevorstehenden Zusammenbruchs wartete er.

Med denne forventning om et forestående sammenbrud ventede han.

Die Geige begann vom Schoß der Mutter zu rutschen.

Violinen begyndte at glide af moderens skød.

Mit einem ohrenbetäubenden Geräusch fiel die Geige zu Boden.

Med en rungende lyd faldt violinen til jorden.

Doch selbst dieses plötzliche Krachen ließ ihn nicht erschrecken.

Men selv ikke denne pludselige brag forskrækkede ham.

„Liebe Eltern", sagte die Schwester, „so kann es nicht weitergehen."

"Kære forældre," sagde søsteren, "dette kan ikke fortsætte."

Und um ihrer Aussage Nachdruck zu verleihen, schlug sie mit der Hand auf den Tisch.

Og hun slog hånden i bordet for at bevise sin pointe.

"Ich werde den Namen meines Bruders vor diesem Monster nicht aussprechen."

"Jeg vil ikke sige min brors navn foran dette monster."

„Deshalb sage ich es so deutlich wie möglich:"

"Derfor siger jeg det så direkte som muligt:"

„Uns bleibt keine andere Wahl, als dieses Tier loszuwerden."

"Vi har intet andet valg end at slippe af med dette dyr."

„Wir haben unser Bestes getan, um dieses Tier zu tolerieren und zu pflegen."

"Vi gjorde vores bedste for at tolerere og passe på dette dyr."

„Ich glaube nicht, dass uns irgendjemand auch nur im Geringsten die Schuld geben kann."

"Jeg tror ikke, at nogen kan bebrejde os det mindste."

„Sie hat tausendfach Recht", stimmte der Vater zu.

"Hun har tusind gange ret," svarede faderen.

Die Mutter hatte noch immer nicht wieder richtig Luft bekommen.

Moderen havde stadig ikke helt fået vejret igen.

Sie begann dumpf in ihre Hand zu husten und atmete schwer.

Hun begyndte at hoste dæmpet i hånden og trak vejret tungt.

Und in ihren Augen begann sich ein wahnsinniger Ausdruck abzuzeichnen.

Og et vanvittigt udtryk begyndte at dukke op i hendes øjne.

Die Schwester eilte zu ihrer Mutter und hielt sich die Stirn.

Søsteren skyndte sig hen til sin mor og holdt hende om panden.

Der Vater schien von den Worten der Schwester inspiriert zu sein.

Faderen syntes at være inspireret af søsterens ord.

Und seine Gedanken schienen klarer als zuvor.

Og hans tanker syntes at være klarere end før.

Er hörte auf, mit dem Kopf zu nicken, und setzte sich wieder aufrecht hin.

Han holdt op med at nikke og satte sig oprejst igen.

Und er spielte, in tiefes Nachdenken versunken, mit der Mütze seines Dieners.

Og han legede med sin tjeners kasket, dybt forsænket i tanker.

Die Teller der Mieter standen noch auf dem Tisch.

Tallerkenerne fra lejerne lå stadig på bordet.

Und manchmal blickte er zu dem schweigenden Gregor hinüber.

Og han kiggede sommetider hen imod den tavse Gregor.

„Wir müssen versuchen, es loszuwerden", sagte die Schwester zu ihm.

"Vi må forsøge at slippe af med det," sagde søsteren til ham.

Die Mutter war zu sehr mit Husten beschäftigt, um zuzuhören.

Moderen var for optaget af at hoste til at lytte.

„Das wird euch beide umbringen, ich sehe es schon kommen."

"Det vil slå jer begge ihjel, jeg kan allerede se det komme."

„Wir können nicht alle weiterhin so hart arbeiten wie bisher."

"Vi kan ikke alle blive ved med at arbejde så hårdt, som vi gør."

„Und jeden Tag müssen wir nach Hause kommen und diese Qualen erleiden."

"Og hver dag må vi komme hjem til denne tortur."

„Wir können das nicht mehr ertragen. Ich kann das nicht mehr ertragen."

"Vi kan ikke holde det ud længere. Jeg kan ikke holde det ud."

In einem letzten Tränenausbruch sank sie ihrer Mutter in die Arme.

Hun faldt ned for sin mor i et sidste udbrud af gråd.

Die Tränen rannen ihr über das Gesicht und auf das ihrer Mutter.

Tårerne trillede ned ad hendes ansigt og ned på hendes mors.

Und mit einer mechanischen Bewegung wischte sie sich die Tränen weg.

Og hun tørrede tårerne væk i en mekanisk bevægelse.

„Mein Kind", sagte der Vater mitfühlend.

"Mit barn," sagde faderen med en medfølende stemme.

In seiner Stimme lag tiefes Mitgefühl und Verständnis.

Der var dyb sympati og forståelse i hans stemme.

„Aber was sollen wir tun?", gestand er und gab zu, es nicht
zu wissen.
"Men hvad skal vi gøre?" indrømmede han ikke at vide det.
Die Schwester zuckte nur hilflos mit den Schultern.
Søsteren trak bare på skuldrene i hjælpeløshed.
Und ihr anfängliches Selbstvertrauen wich erneut Tränen.
Og hendes tidligere selvtillid blev igen erstattet af tårer.
„Wenn er uns doch nur verstehen würde", sagte der Vater
laut.
"Hvis bare han forstod os," sagde faderen højt.
Und er fragte sich halb, ob Gregor es vielleicht verstanden
hatte.
Og han stillede sig næsten spørgsmålstegn ved, om Gregor
måske forstod det.
Die Schwester schüttelte unter Tränen heftig die Hand.
Søsteren rystede bare voldsomt på hånden, mens hun græd.
Und so signalisierte sie, dass man diese Idee gar nicht erst in
Erwägung ziehen sollte.
Og derfor signalerede hun, at ideen ikke skulle overvejes.
„Aber wenn er uns doch nur verstehen würde", wiederholte
der Vater.
"Men hvis bare han forstod os," gentog faderen.
Er schloss die Augen und dachte über die Antwort seiner
Schwester nach.
Ved at lukke øjnene overvejede han søsterens svar.
"Wenn er verstünde, dass eine Vereinbarung mit ihm
getroffen werden könnte."
"Hvis han forstod det, kunne der indgås en aftale med ham."
„Aber unter den gegebenen Umständen..."
"Men nu hvor tingene er, som de er..."
„Es muss weg!", rief die Schwester, „es ist der einzige Weg."
"Det skal væk," råbte søsteren, "det er den eneste vej."
„Du musst den Gedanken loswerden, dass es Gregor ist."
"Du skal slippe af med tanken om, at det er Gregor."
„Dass wir das so lange geglaubt haben, ist unser
eigentliches Unglück."
"At vi troede på det så længe, er vores virkelige ulykke."